公主傳奇 33

皇家軍訓團

馬翠蘿 著

新雅文化事業有限公司
www.sunya.com.hk

人物簡介
周曉星
周曉晴的弟弟，一個風趣幽默的淘氣精，不時有天馬行空的奇怪想法。
馬小嵐
來自香港的烏莎努爾公主，聰明美麗、正直善良。敢於向困難挑戰，最喜歡說的話是「天下事難不倒馬小嵐」。

萬卡
烏莎努爾公國第十九代國王，風度翩翩、英勇果敢。是國民眼中的好君王，小嵐和曉晴曉星心目中的暖心大哥哥。
周曉晴
馬小嵐的好朋友，漂亮活潑，喜歡打扮，最常做的事是和弟弟鬥氣。

目錄

第一章

愛操心的國王爸爸

萬卡國王喜歡小嵐公主，小嵐公主也喜歡萬卡國王，兩人從來不吵架，這是很多人都知道的事。

可是，今天這兩人在月影湖邊坐着坐着，竟然爭執起來了。

他們在爭什麼呢？說出來你可能不相信，他們在爭誰的眼睛更大。

啊哈哈哈，竟然有這種事！萬卡國王，怎麼一向穩重的你，一碰到小嵐公主就變幼稚。幸虧沒有被「狗仔隊」看到，否則肯定一分鐘內就會上了網絡熱門搜尋。

那最後誰贏了？萬卡國王。因為國王定定地看着公主說：「肯定是我的眼睛大。因為我的眼睛大得能裝下你。」

公主當時真的瞧了瞧萬卡國王的眼睛，啊，真的，國王清澈的眼瞳裏，真的有一個她呢！公主頓時不會思考了。原來公主一見到國王也會變得盲目，其實這時候她的眼瞳裏也反映着一個萬卡國王呢！

算了算了，不跟你爭了。小嵐撇了撇嘴，從紙巾裏抓了一把瓜子仁，扔進嘴裏咬得津津有味。而旁邊的國王陛下，就繼續努力地「卟卟卟」剝着瓜子，然後把瓜子仁放在一張乾淨的紙巾上，讓小嵐一顆接一顆地吃得香噴噴。

「小嵐，有一件事讓我有些煩惱。」萬卡忽然說。

「天下事難不倒馬小嵐」這句話，其實也可以用在萬卡身上。這位國王性格堅毅、聰明睿智，什麼事也難不倒他。沒想到現在竟然有讓他解決不了的事。

「什麼事？說來聽聽。」小嵐吃着瓜子，八卦地問道。

「等等。」萬卡見紙巾上的瓜子仁不多了，怕小嵐吃着吃着就沒了，便抓了一把瓜子，「卟卟卟」地剝了幾十顆，放到紙巾上，然後才說，「其實我是受了多個國家國王的委託，讓我想個辦法，整頓一下他們的孩子。」

「哦？」小嵐眨了眨眼睛。

這些國王的小算盤打得太精了！宇宙菁英學校裏，有四五十個來自他國的公主和王子，他們是想讓萬卡這位學校董事長幫他們教育子女呢！

小嵐不禁同情地瞧了萬卡一眼。

萬卡歎了口氣，說：「他們說，孩子太嬌氣了。以前太寵他們，頂在頭上怕曬了，含在嘴裏又怕融化掉。弄得現在嬌生慣養、驕傲自大，以後長大了，恐怕連自保能力也沒有，更難指望他們能把一個國家治理好了，恐怕會成了亡國之君啊！唉，也難怪他們這樣擔心，現在的孩子呀，真是難教。」

國王說着皺起了眉頭，眉心出現兩條淺淺的豎紋。

小嵐停止了咀嚼，歪着頭瞅着萬卡，突然哈哈大笑起來，笑得連喉嚨裏的小舌頭都看見了。

萬卡斜着眼睛，鬱悶地看着她，這小傢伙笑什麼？很好笑嗎？

小嵐笑完，說：「我覺得你剛才的樣子，好像一個操心的老爸爸啊！」

萬卡氣急敗壞地敲了她腦袋一下：「臭小孩！這麼嚴肅的話題也能笑成這樣。」

小嵐縮了縮脖子，眼珠骨碌碌轉了轉，說：「國王爸爸，你不用擔心，我給你獻一個錦囊妙計。」

「啊，真的？快說！」萬卡也顧不上糾正她的稱呼了，急忙說。

「軍隊是個鍛煉人身體和意志的好地方，你可以組成一個軍訓團，把這些傲氣的傢伙扔到軍隊裏，接受一段時間的訓練。他們要像士兵一樣學習和生活，像士兵一樣接受各種訓練，摸、爬、滾、打，有令則行，有禁則止，誰不服從命令誰不達到軍隊要求，就要受到處罰。保證一個月後，那些公主王子全都變得像老虎一樣勇猛，像小綿羊一樣聽話。」小嵐說到這裏，嘿嘿地笑着，她好像看到了那些驕傲的小傢伙們，被折騰得叫苦連天的淒慘模樣。

小嵐出這主意的時候，並沒有意識到，她同時是挖了個坑給自己跳。因為她自己也是個公主啊！

萬卡邊聽邊點頭，高興得眼睛彎彎，嘴角翹翹，小嵐這計謀，妙啊！軍隊是個鍛煉人的地方，自己怎麼沒想到呢！到小嵐講完之後，他興奮地說：「好，就這麼辦！我馬上讓學校董事會討論這件事，讓這些王子公主在即將到來的暑假裏，到軍隊培訓。」

「對對對！說做就去做，莫遲疑，別手軟。」小嵐說着又扔了一把瓜子進嘴裏。

手機鈴響，小嵐發現是自己有電話來了。她趕緊從口袋裏掏出手機：「喂，哪位？曉星，什麼事？」

傳來曉星開心的說話聲：「小嵐姐姐，機票已經在網上訂好了，頭等艙，七月二十八號早上出發。哇，幸好我手速快，機票好搶手啊！暑假本來去旅遊的人就多，加上我們要去的地方風景實在美，去的人太多了。我訂到票，實在很幸運呢！小嵐姐姐，你說我是不是很厲害？」

曉星話裏話外都是在求表揚。

偏偏小嵐裝作不知道，說了聲「好」，就收了線。

萬卡一邊剝瓜子，一邊問：「準備去旅行？去哪裏？」

小嵐眉飛色舞地說：「去天山。我看了《騎馬上天山》這篇文章以後，就有了去天山的強烈願望。太美了，有幾段我都能背出來呢！『藍天襯着高聳的巨大雪峯，太陽下，雪峯間的雲影就像白緞上繡了幾朵銀灰色的花。融化的雪水，從高懸的山澗、從峭壁斷崖上飛瀉下來，像千百條閃耀的銀鏈，在山腳下滙成沖激的溪流，浪花往上拋，形成千萬朵盛開的白蓮。』」

萬卡點點頭：「聽上去真的很美。」

「還有呢！」小嵐興奮地說，「天山還有天池，相傳是西王母娘娘宴請天上神仙的地方，美得像仙境一樣……只要想到不久的時候，自己就能置身其中了，哇，簡直太美妙了！」

「聽起來很不錯。」萬卡表示贊同，「不過……」

「『不過』什麼？」小嵐警惕地看着萬卡，用了這個轉折詞，怕是有點不妙啊！

這時小嵐的手機又響了，小嵐一看又是曉星打來，這傢伙似乎不討到一聲讚揚，就不罷休。

「不接！」小嵐準備把手機撳了拒接，萬卡伸出手，把她的手機拿了去。

「喂，曉星嗎？真了不起，訂到這麼搶手的機票。不過，你馬上把票退掉一張，小嵐暑假有重要任務，不能跟你們一塊兒去了。就這樣，拜拜。」萬卡說完收了線。

「咳咳咳……」小嵐吃驚之下被瓜子嗆到了，猛地咳嗽起來，嚇得萬卡趕緊去拍她的背。

小嵐好不容易緩過來，大眼睛瞪着萬卡，問道：「萬卡哥哥，你什麼意思？」

萬卡一臉認真地說：「小嵐，你忘了你也是公主嗎？這次軍訓怎可以少了你。我還想請你照看着那幫傢伙，別讓他們出事呢！」

「啊！你？」小嵐突然意識到自己給自己挖了個大坑了，「萬卡哥哥，你不能這樣，我已經一段時間沒去旅行了，你怎可以這樣殘忍地把我的快樂扼殺掉！」

「小嵐，軍訓計劃是你提出來的，軍訓的偉大意義也是你說的。這麼有意義的活動你怎能不參加？小嵐，你就當我幫我一次吧，好不好？那幫公主王子太容易闖禍了，你替我看好他們。」萬卡用祈求的目光看着小嵐。

萬卡哥哥從來沒有求過自己，如果拒絕，那太傷他的心了吧！小嵐知道自己沒理由拒絕，但畢竟心中鬱悶，便想化悲憤為吃瓜子，卻發現瓜子仁沒了。她氣呼呼地指着萬卡說：「快給我剝瓜子！」

「是，馬上剝！」萬卡急忙抓起一把帶殼瓜子，「卟卟卟」地剝了起來。

第二章

軍訓不是吃零食的，是吃苦的

學校董事會挺重視這次軍訓，方案很快決定下來了。暑假的第二個星期一，就是皇家軍訓團出發的日子。這次參加的有三十人，都是家裏給報名的。

集合的操場鬧哄哄的，王子公主們都在吱吱喳喳地説着話，大多數人都對軍訓充滿了幻想，在他們心目中，軍訓就是一場新鮮刺激的遊戲。

王子們是這樣説的：

「哇，我這次一定練成神槍手，下次跟我父王去狩獵，就可以大出風頭了。」

「我想學會野外生存，那我就可以去參加野外求生節目了。我哥去了一期，回來跟我炫耀了一年。」

「我想學開飛機。開着飛機衝向雲霄，哇哇哇，我怎麼就那麼帥呢！」

「做夢吧，我們是去陸軍訓練基地，開什麼飛機！」

「……」

公主們是這樣説的：

「喂喂喂，軍隊裏全是兵哥哥，這回我們每天都有帥哥看了。」

「聽説會分配每人一套軍裝呢！穿上一定美死了。我要照很多很多相片，發到社交平台，羨慕死我那些朋友……」

「……」

如果這些話讓萬卡國王聽見，一定會氣得頭頂冒煙：你們是去鍛煉的，不是去玩的！

小嵐站在操場一角，本來曉晴曉星要來送她的，但她拒絕了，她最怕那種哭哭啼啼的送別場面了。雖然只是離開一個月，但對這多年來一直形影相隨的曉晴曉星來説，算是差不多生離死別那種了，曉晴肯定會掉眼淚，曉星就絕對會是扯着背囊帶子跟你拔河的那種人。所以，免送！

小嵐的身邊站了兩個人，她們是雅兒公主和北北公主。

自從小嵐幫忙破了賽虹失蹤案*，給雅兒公主和她的好朋友羅白洗脱了綁架罪名後，她就跟小嵐成了朋友。北北跟雅兒同班，長得白白胖胖的，為人不拘小節，十分爽朗。她一直很喜歡很崇拜漂亮聰明的小嵐，不過因為她們不同班所以一直沒什麼接觸。這次一起去軍訓，有了跟小嵐一起的機會，她當然不能放過了，所以一來就扯着雅兒去找小嵐，讓雅兒把她介紹一番，想跟小嵐一起玩。小嵐也喜歡北北這樣的爽快人，所以也沒有拒絕，所以三個人就走在了一起。

雅兒看着吵吵嚷嚷的同學們，很有點不耐煩。吵死了吵死了！怪不得人説一個小屁孩是五百隻鴨子，現在操場上有一萬五千隻小鴨子了吧！

「砰！」一聲巨響把三個人嚇了一跳，原來是雅兒的一個行李箱倒下了。

雅兒急忙彎腰把箱子扶起來，把自己帶的三箱子攏在一起，免得又倒了。她瞧了瞧小嵐簡單的行李，説：「小嵐，你怎麼只帶一個行李箱。我帶了三個箱

*想知道更多關於失蹤案的內容，可看《公主傳奇31偵探小王子》。

子，卻還有些東西塞不進去呢！」

小嵐有點無語。不就去一個月嗎？又不是搬家，怎麼帶那麼多東西。

雅兒點算着，生怕還有遺漏的東西：「衣服十五套，鞋子五雙，化妝品兩套，零食二十袋……」

小嵐眼睛瞪得大大的：「雅兒，你不知道進了軍營就不能穿家裏帶的衣服嗎？」

雅兒傻了：「啊，不知道啊？」

北北在一旁插話：「你竟然不知道！軍訓通知裏面有一份附件，裏面有提到呢！所以我就只帶了兩套衣服。」

小嵐轉向北北，問：「我說北北同學，你只帶了兩套衣服，那幹嘛還帶了兩個大箱子？」

北北嘻皮笑臉地說：「全是零食呢！」

小嵐瞠目結舌地看着北北那兩個大行李箱，這孩子怕是把超市的零食專櫃都搬空了吧！

小嵐瞅了瞅她的體形，心想，已經那麼胖了，還……

這時聽到尖銳的「㖏㖏㖏」哨子響，操場上頓時靜了下來。一位二十來歲的軍人站在操場前面的高台上。他長得很結實，看上去接近一米八，圓臉龐、大眼睛，抿嘴時，嘴邊隱隱約約可以看到兩個小酒窩，樣子很可愛。

見到學生們看向自己，年青軍官清了清嗓子，大聲說：「皇家軍訓團的同學們，大家好！」

操場上的學生亂七八糟地回應：

「叔叔好！」

「小酒窩哥哥好！」

「兵哥哥好！」

「咳咳！」年青軍官臉色發紅，尷尬地咳了兩聲，繼續說，「我是少尉雷奇，今天負責來接你們去培訓基地。之後的一個月裏，我將和教官一起負責你們的訓練。」

「謝謝小酒窩哥哥！」

「叔叔辛苦了！」

「……」

又是一陣亂七八糟的回應。

「咳咳！」雷奇眼睛掃了台下一遍，看到比學生多了幾倍的行李箱，皺了皺眉，說，「從今天起，你們就是戰狼培訓基地的一員，一切行動要聽指揮。下面我宣布第一條紀律，馬上精簡行李，每人只能帶一個行李箱。還有，除了衣服和生活必需品，吃的玩的一樣也不能帶。」

「啊！」操場上馬上炸了，要知道，大多數學生都帶了兩個到三個箱子。

「就一個行李箱？光是放衣服也不夠啊！」

「我的零食！沒零食的日子叫我怎麼過！」

「我不參加軍訓了。媽媽，我要回家！」

「反對，堅決反對！」

「嚶嚶嚶，我不要我不要！」

北北擠上前去，可憐巴巴地問道：「叔叔，留點零食吃行不？」

雷奇笑瞇瞇地看着她，似乎挺好商量的樣子，可惜說出的話卻沒有斡旋餘地：「軍訓不是吃零食的，是吃苦的。零食一點不能留哦！」

「啊，別啊別啊！」又是一陣絕望的聲音。

「肅靜！」雷奇大聲說，「我再重申一遍，每人只能帶一個行李箱。帶一個箱子以上的聽着，你們只有兩個選擇：一、把多餘的留在課室，回來時帶回家；二、到了基地再把多出來的東西扔垃圾堆。現在馬上處理，十分鐘之後回到這裏集合，上車出發，過時不候。下面聽口令，向左轉，目標，課室。跑！」

隨着口令，有的人不由自主的就轉身朝課室那邊跑了，有些人猶豫了一下，也百般無奈地跑了起來。

雅兒和北北都跑回教室「清箱」了，小嵐走到一棵大樹下，靠着樹幹優哉悠哉刷手機。早知道是這樣了，還好自己就帶了一個箱子。

十分鐘內，全部學生都按時回到了操場，誰也害怕這少尉把自己落下了，難道自己走路去軍營嗎？

雷奇讓學生報了人數，見沒有遲到的，滿意地説：「不錯。下面人和行李分開，人上旅遊大巴，行李原地留下，另外有車替你們運到軍營。」

雅兒和小嵐坐一起，她拿出紙巾擦汗，胸脯還一起一伏的，嘴裏呼呼喘着氣。大概還沒從剛才那場「清箱行動」中恢復過來。

「小嵐，還沒出發就給下馬威了，看來這一個月的日子難熬了。」雅兒苦着臉説。

「可憐的小孩。」小嵐伸手摸摸雅兒的腦袋，「準備吃大苦吧！」

第三章

戰狼培訓基地

車子駛出了學校大門，沒有人注意到，一輛小轎車停在對面馬路邊上，車裏，萬卡透過車窗，默默地望向那部載着皇家軍訓團的大巴。大巴上，靠窗坐着的小嵐正笑着跟身邊的雅兒說着什麼，並沒有留意到外面那道關切的目光。

萬卡看着小嵐，直到大巴越駛越遠，變成個小黑點，他才歎了口氣，收回目光。一個月不能見到小嵐，他還真是不習慣，心裏挺憂鬱的。他不禁有點後悔，自己讓學生們作封閉式訓練，是否太殘忍了。

要是萬卡知道，小嵐這一去會發生什麼可怕的事，幾乎連命都沒了，他一定會毫不猶豫地取消這次安排。可惜人不可以未卜先知啊！

再說雷奇少尉開着一部小吉普車在前面帶路，後面是坐了三十名學生的大巴，而押尾的是運行李的卡車。車子駛出市區之後，就一直在一條偏僻的郊野路上奔馳，路上也很少看到車輛，更別說人了。

這軍營究竟在什麼地方的呀！小酒窩哥哥該不是把我們拉去賣了吧？大家心裏直嘀咕。想問問開車的那個小兵吧，但人家很酷呀，不是問十句答半句，就是拋過來一句「軍事秘密」，弄得大家都快患上突發性憂鬱症了。

路上行駛了大半天，午飯吃的是小司機派發的麵包和礦泉水，又過了一會兒，終於見到基地的圍牆了，大家都忍不住歡呼起來。車速開始放慢，漸漸地停了下來，見到雷奇從吉普車走下來，走向大門口。

大門口有個崗亭，一名持槍士兵見了雷奇，碰地一下，立正，敬禮。

雷奇回了個禮，又把手裏一份通行證給士兵看了看，士兵又朝雷奇敬了個禮，放行。

車子又開動了。基地裏面太大了，要是走路的話恐怕要跑斷腿。一路上都見到一隊隊士兵在進行各種訓練，有練射擊的、有練體能的、有練格鬥的，十分精彩。同學們覺得士兵們帥極了，尤其是男生見了都躍躍欲試，他們也想成為這樣的男子漢啊！

「加油！加油！！」同學們瘋了似地朝士兵們大

喊大叫。

士兵們全都看過來了，朝這班小瘋子笑。

大巴在一排平房門口停下，雷奇下了吉普車，朝大巴上的學生喊：「下車，到了！」

大巴的門打開了，學生們一個接一個跳下來，又像一羣小鴨子般你擠擠我，我擠擠你，亂糟糟的擠成一團，雷奇看得直皺眉頭。

「大家注意了，你們站着的地方，叫戰狼訓練基地，也就是你們接下來一個月待的地方。你們會住在這幢平房，每四個人一間房。房間門口貼着你們的名字，你們可以對號入住。」雷奇大聲説。

「戰狼？哇，聽名字就很厲害。」大家都在興奮地議論着。

「現在交出你們的手機。軍訓期間，只許星期天休息日使用手機，其餘時間，由我們保管。」

「啊！！！！」就像一顆炸彈落到了鴨子窩，鴨子們全炸了。

衣服可以留下，零食可以留下，但手機卻不能啊！沒有手機這日子怎麼過？！這戰狼培訓基地好可怕，媽媽，我要回家！

找媽媽也沒用啊！學生們不知道這是他們家長的共識，一來是不想子女們玩手機耽誤訓練，二來是杜絕心肝寶貝們受不了訓練的嚴苛而打電話求救，他們怕自己把持不住，心一軟答應孩子要求。

北北不捨地撫摸着手機，對小嵐說：「小嵐，你說我在地上打滾撒賴，能要回手機使用權嗎？」

好像回答她的問題似的，雷奇這時斬釘截鐵地說：「沒商量！立刻把手機交來。」

「啊啊啊啊，要死啦！」一片哀嚎聲。

四個站一起的男生一齊起哄——

「我就是不交，不交你咬我呀！」

「不交不交不交，就不交！」

「受不了啦！我決定不參加這鬼軍訓了，馬上送我回家！」

「對，什麼破基地！我要回家！」

小嵐認得，那是學校裏被人喊做「四大天王」的都都、蕭朗、韓思、唐憶。這四個傢伙在學校裏就很調皮搗蛋，常常結伴做些小壞事，讓校長和老師們最為頭痛。

在四大天王的鼓噪下，一時間，喊回家的聲音甚囂塵上。

雷奇可能沒見過這種不聽軍令的人吧，頓時愣住了，一副手足無措的樣子。

「你們住嘴！」有人大聲喝斥。

聲音渾厚、宏亮，穿透力強，簡直是天生的男高音。

不過聲音好聽又怎麼樣？竟敢對王子公主呼呼喝喝，我們不喜歡！大家惡狠狠地朝聲音發出的方看去。

一個身穿全套軍服的小軍官，一米八幾的挺拔身軀站得筆直，負手站在他們不遠處。他有兩道濃眉，大而有神的眼睛閃着鋭利的光，高挺的鼻樑下，厚薄適中的嘴唇抿成個一字，此刻，正雙眉緊鎖地盯着學生們。

説他是小軍官，是他的年紀小，看上去頂多比學生們大三四歲。

學生們瞬間靜了下來，不管男生女生，都瞪大眼睛看着小軍官，包括雅兒在內的幾個女生，還誇張地捂住了嘴巴。

顏值簡直逆天啊，而且不是那種小奶狗的柔弱

美，而是英俊挺拔、氣宇軒昂，硬朗中又帶着儒雅。

男生們都想馬上找來一個口罩遮住自己的臉，或者乾脆找來一個頭盔戴上。有比較才有傷害啊，跟這位小軍官一比，他們感覺自己全都暗淡無光，頓時被秒殺。

女生們就紛紛眼冒粉紅小星星，小心肝噗噗亂跳，受不了啦受不了啦，別那麼帥好不好！

不過，可惜帥氣小軍官的脾氣卻不那麼好，只聽他吼道：「從你們來到軍營的這一刻起，就得用軍人的紀律約束自己，有令則行，有禁則止。馬上把手機交出來，聽見沒有？！」

他那雙如天上星星般亮，又如鷹一般銳利的眼睛往人羣裏一掃，啊啊啊，幸好眼睛不會射出子彈，不然隊伍裏準會倒下一大片。

媽呀，好可怕，帥哥怎麼變成了大魔王！這些自出生就鼻孔朝天自命不凡的小傢伙，頓時變成了小白兔乖乖，老老實實地應道：「聽見了！」

再見了，親愛的手機。嗚嗚嗚……

大家傷心地和手機暫別，然後像一羣受驚的小鴨子，爭先恐後往宿舍跑去。

遠離大魔王！大魔王好可怕。幸好不是他來管我們。

樹上的一隻小鳥瞧了很久的熱鬧，這時好奇地問：「媽媽，這些是什麼人？」

小鳥媽媽說：「聽說是王子公主。」

小鳥問：「王子公主是什麼東西？」

小鳥媽媽回答：「王子公主不是東西。」

小鳥問：「不是東西是什麼？」

小鳥媽媽回答：「是地位很高的一羣人。」

小鳥說：「有我高嗎？我現在站在樹上，在他們頭頂呢！」

小鳥媽媽：「……」

第四章
大魔王小教官

小嵐跟雅兒分到了一個房間。另兩名室友分別叫卓之和寧芬。她們之前都知道彼此名字，只是不大熟而已，今次有緣同一個宿舍，所以很快就拉近了距離。

四個女孩各佔了一張牀，剛收拾好帶來的物品，就聽到有人在外面吹哨子，通知吃晚飯了。

晚飯在基地飯堂吃，每人先去取了一個乾淨的盤子，然後排隊取飯菜。排到小窗口前，就把盤子交給裏面的食堂員工，然後說要吃什麼菜。其實也只有四款菜式供選擇：馬鈴薯燒牛肉、小雞燉蘑菇、蒸肉餅、紅燒豆腐。小嵐不是一個很挑食的女孩，所以並不介意。

不過有些平時嬌氣慣了的學生就不那麼滿意了，要知道他們平時在宇宙菁英學校時，食堂一條街裏，全世界美食想吃什麼就吃什麼，基地食堂這些大眾

化的菜單，根本就入不了他們的眼。於是，吃一半留一半的，他們離開時，盤子裏基本上都剩了一半的飯菜。來收拾的飯堂員工見了，都禁不住搖頭，心想，這幫孩子，太浪費食物了！

吃完飯回到宿舍，大家繼續收拾些零碎東西，小嵐快手快腳收拾好，就去洗澡了。她最愛乾淨，經過一路的旅途，她總覺得身上髒髒的。

洗好出來，聽見雅兒和卓芝、寧芬在吱吱喳喳地議論着剛才那個小軍官、大魔王。小嵐說：「早點洗洗睡吧！今天半夜可能會緊急集合呢。」

萬卡到底有點不忍心，出發的前一天偷偷給小嵐透露了部分軍訓內容，免得她措手不及。這第一天半夜就來個緊急集合，就是萬卡告訴小嵐的。

「啊，真的？！」其他三個女孩都傻了。

第一天到軍營就來緊急集合，還是半夜三更的，好可怕啊！

卓芝說：「那怎麼辦？我們乾脆不睡覺了。就坐着等吹哨子。」

寧芬點着頭說：「是呀！我怕到時起牀慢了被懲罰。」

雅兒苦着臉：「不行啊！誰知是幾點集合，要是三四點鐘，那我們豈不是要睏死。」

小嵐說：「可以這樣。咱們穿着外衣褲睡，到時就可以省下穿衣服的時間了。只要不比別人慢，那就不會受罰了。」

「好主意，就這樣！」三個女孩都表示贊成。

於是，大家洗過澡以後，都穿上了平日出門穿的衣服，然後上牀睡了。

半夜裏，宿舍前面的大操場上，響起了尖銳的集合哨子聲：「吡吡，吡吡吡……」

哨子聲打破了夜的寧靜，驚醒了皇家軍訓團學生的好夢。大多數人的腦子還沒能轉過彎來，一片混沌中。

我是誰？我在哪裏？我現在該幹什麼？

好一會兒他們才開始有點清醒了，我是軍訓團學生，我在戰狼基地，我要馬上出去集合。於是，大家趕緊起牀，手忙腳亂地穿衣服，然後陸陸續續衝了出去。

最早跑出去的人，見到操場上早已站立着四名女孩，她們挺着胸，下巴微揚，一臉驕傲地瞧着那些狼狽跑來的人。她們是誰？還用說嗎，一零五室的人呀！在小嵐的提醒下，她們和衣而睡，所以當集合哨子一吹，她們就能快速地從牀上跳起來，穿上鞋子就衝出門口，跑到操場上。

跑出來的同學，洋相百出，看，有的衣服扣子扣錯了，有的衣服穿反了，有的鞋子沒穿赤着腳，有的穿着一套小熊睡衣就跑來了。又過了幾分鐘，最後三名女學生才披散着頭髮從宿舍跑了出來。

雷奇一直站在旁邊看着，見到再沒有人跑出來了，便走了出來，說：「大家排成三個橫隊，十個人一行。從高到矮排好。」

一羣小鴨子又你擠我我擠你的，擠了半天，看得雷奇直皺眉頭。終於排成三列橫隊了，從高到矮的，還算整齊。雷奇站在隊列前，喊道：「立正，向右看齊！報數！」

「一！」

「二！」

「三！」

「……」

三列學生一齊按順序報着數，每隊十人，剛好三十個人。

「稍息！大家記住自己的位置，以後就按這隊列排隊，不可以弄錯。接下來，我給你們介紹皇家軍訓團的教官，少校喬里安先生。」

喬里安？名字好好聽哦，不知道人帥不帥，脾氣好不好。

「嚓嚓嚓」，隨着一陣有力的腳步聲，一個身材修長的軍人走到隊列前。啊！這不是大魔王嗎？！

沒錯，這個喬里安，就是昨天那個帥到不要不要的，但也兇得不要不要的小軍官。

大家心裏都千迴百轉的打着小心思，男生們一千個不願意，一萬個不開心。有誰想天天對着一個大帥哥呀，那他們不就天天都被比成了渣渣了。女生們呢，就一千個不願意，但卻也有小竊喜。哇，天天對着比那些娛樂圈小鮮肉還帥的小教官，也挺養眼的。說不定咱還可以軍訓、追星兩不誤。

喬里安可不管他們在想什麼，反正他們願意也好，不願意也好，接下來一個月，自己都得讓他們叫苦連天。喬里安掃了大家一眼，大聲說：「我是你們的教官喬里安。對於今天的緊急集合，我，很不滿意。因為絕大多數同學是十分鐘以後才到，而最後到達的同學，竟然用了整整十五分鐘時間。你們很沒用！」

這時，雅兒忍不住說：「報告！」

喬里安眉頭一皺：「說！」

雅兒說：「我們宿舍只用了六分鐘呢！我……」

喬里安打斷了雅兒的話：「六分鐘很了不起嗎？真是一幫嬌生慣養的少爺小姐。請豎起你們的耳朵，聽聽我們的士兵是用多長時間緊急集合的。白天，三分鐘以內；晚上，五分鐘以內，就能集合完畢。而且，他們不像你們這樣，起牀穿衣服，跑出來就可以，他們要全副武裝，要把牀鋪打成背包背上，要帶水壺和挎包，挎包裏要放進牙膏、牙刷、毛巾等洗漱用品，最後領槍……」

啊！同學們都忍不住議論開了，太過分了吧，三分鐘要做這麼多事情，魔法師嗎？

喬里安嚴厲地掃了學生們一眼，說：「看看人家，再看看你們自己，僅僅是起牀穿衣服，就要用這麼長時間！我想問問，你們起牀後究竟在磨蹭什麼？不過，我會把你們操練成真正的軍人的。做好吃苦的心理準備吧！」

「啊……」大家都很絕望。女生們心裏的小竊喜也沒了，落進這人手裏，肯定不死也要掉一層皮。

喬里安說：「今天只是試一下你們的應變能力，不算正式的訓練，所以就不設獎懲了。下次集合，如果還是今天這樣拖拉，那你們就要受到懲罰。聽到沒有？」

「聽到了！」大家急忙回應。

「報告！」卓芝喊道。

喬里安點點頭：「說。」

卓芝紅着小臉蛋，問：「請問會有什麼懲罰？」

喬里安樣子有點幸災樂禍，哼了哼說：「取消星期天用手機的福利。」

啊，好毒啊！真是最狠的招數。

在大家的叫苦聲中，喬里安朝雷奇揚了揚下巴，然後一轉身，「嚓嚓嚓」地走了。留下了一個傲氣的、挺得筆直的、帥得一塌糊塗的背影。

雷奇走到隊列前，說：「下面宣布，你們可以回去睡覺了。聽到起牀號就起來，吃完早飯後，七點三十分回來這裏集合，正式開始今天的訓練。記住不可以遲到。解散！」

一萬多隻鴨子踢踢踏踏朝宿舍湧去，都想抓緊時間再睡個回籠覺。

第五章

罰你們洗臭臭廁所

第二天天氣很晴朗，大家吃完飯後，由雷奇帶着，去倉庫各領取了一大堆東西，包括兩套軍裝、兩雙軍鞋，還有軍用背囊。軍用背囊很大，一張被子也能放進去。

雷奇笑着說：「你們有福了。以後緊急集合時，不用花時間打背包，把被子放進背囊就可以了。打背包也是一門技術，很多人一開始都打不好，即使打好了，背着走一會兒也會散掉。」

雷奇還說，訓練結束時，背囊可以帶走留作紀念。大家都挺開心的。這種軍用背囊是非賣品，設計巧妙獨特，以後去旅行，或者去露營，都用得上。而更重要的是，這是軍人才可以用的東西，背上一定酷極了。

大家捧着一大堆軍用物資，都挺興奮的，想着自己穿上軍裝的樣子一定很威風。尤其是男同學，男孩

子大多有英雄情結，所以此刻個個都興奮得咧開大嘴，就像一隻隻青蛙。

「現在解散！你們趕緊回去把軍裝穿上，等會兒就要集中訓練了。」

「是！」雷奇話音剛落，大家就飛跑回去試新軍裝了。

還是雷奇小哥哥善解人意啊，知道他們想趕快穿上軍裝。跟那個大魔王小教官比，雷奇哥哥善良多了。

小嵐帶着三個小伙伴也趕緊回了宿舍。大家把軍裝穿起來，再束上皮腰帶，帽子戴好，一個個對着鏡子照呀照呀不想離開。哎呀，自己怎可以這樣好看呢！

並非她們自己臭美，她們四個人的顏值的確是軍訓團女生中最漂亮的，之前就有同學説怎麼美女都跑到同一宿舍去了。

女孩子們正在左照右照，砰砰砰，有人敲門。

「誰？」小嵐大聲問道。

「我是你們外婆。」門外有人揑着嗓子，學着童話故事裏的老狼，粗聲粗氣地説。

接着，又有幾把聲音加進來，一起怪腔怪調地唱着：「小兔子乖乖，把門兒開開，我要進來。」

「肯定是都都他們幾個。」卓芝說。

這些傢伙跑來幹什麼！

「不開不開就不開，誰來也不開。」雅兒大聲說。

「開開門好不好，我們有要緊事找你們幾位。」都都用回自己聲音，一本正經地說。

雅兒走去開門，不知這些臭小孩有什麼事。寧芬說：「嗤，他們有什麼要緊事！肯定是來耍帥的。」

果然，雅兒一打開門，四個一身軍裝的帥小伙子就跳了進來，立正，敬禮，其中的都都說：「帥不帥帥不帥，我帥起來連自己都迷倒了！」

「去去去，迷你個頭！」

雅兒毫不留情地把他們推了出去。

正在這時，咇咇咇——集合哨子響了。大家條件反射似的，砰地把手裏東西扔到牀上，就朝外面跑去。這次集合比昨天半夜快了很多，大家都怕遲到了受罰呢！

小教官喬里安站得筆直的，虎視眈眈地看着他

們，雷奇見到學生們站好了，便走了過去，大聲喊口令：「立正！向右看齊！稍息！」

雷奇向旁邊退了幾步，轉頭看着喬里安。喬里安大步走了過去，兩腿叉開，雙手負後，大聲說：「由今天開始，我們便要正式投入訓練課程了。今天我們練習站軍姿，先聲明一下，訓練表現差的要受罰。」

「啊，又罰！罰什麼？」有人問。

「到時你們就會知道。」喬里安竟然賣起關子來了。

可惡的小教官！

「現在請雷少尉作示範。」喬里安朝雷奇點點頭。

雷奇邁着大步走到隊列前。

站軍姿？就是昂首挺胸站着吧，沒什麼難的。大家都不當一回事。

喬里安繼續說：「站軍姿是軍人的第一課。站軍姿能錘煉軍人的頑強意志，磨煉軍人的堅持和毅力，練出鋼鐵般的紀律。站軍姿的標準要求，第一是頭部，眼睛平視前方，不要左右亂看。頭擺正，鼻子嘴巴不能亂動。即使有隻蜜蜂叮在你的鼻子上，都不能動一下。」

旁邊的雷奇隨着喬里安的話作出示範。

學生們眼睛瞪得雞蛋般大：什麼？蜜蜂叮鼻子上也不可以動？我的媽呀！

喬里安繼續說：「第二是肩部。肩膀要放鬆，兩肩要在同一個水平線，不要一個肩膀高一個肩膀低；第三，胸腹部。挺胸收腹，呼吸均勻。」

旁邊的雷奇再作出示範。

「第四，手和腳。兩個胳膊自然下垂，並緊貼褲子。雙手的中指要緊貼褲子的中縫，五指都要並攏並且伸直。兩腿自然伸直，不要彎曲，兩腿要盡量並攏，特別是兩個膝蓋要靠在一起。雙腳腳跟並在一起，腳尖分開大約六十度，腳尖盡量要在一條線上。」

旁邊的雷奇作出頭、肩、胸腹部、手和腳的全套示範，動作精準得就像教科書！

哇！大家都忍不住拍起掌來。小酒窩哥哥好棒！

「好，下面輪到你們了！今天是你們第一次站軍姿，要求就不那麼高了，就站二十分鐘吧！記住，不能達到要求的，要受罰。下面立正，開始！」

喬里安「咇咇」吹了兩下哨子。

堂堂宇宙菁英學生，難道連小小站軍姿都做不來？想罰我們，不可能！

砰！大家雙腳一並，就站給你大魔王看看，我們三十個人，就是三十座巍然不動的山。

喬里安雙手負在身後，目光嚴厲地從一個個學生們身邊慢慢走過，不時用手拍拍學生的背，說「挺直點」，或者敲敲學生的腦袋，說「看前方」。

每個被他盯上的人，都盡可能站正確、站筆挺，不想被大魔王挑刺。

還以為就這樣站着很容易，沒想到幾分鐘後就有人受不了啦，再過了幾分鐘，幾乎所有人的脖子都開始僵了，腰開始痠了，腿開始抖了。

小嵐也快堅持不住了，只覺得頭上火辣辣的太陽曬得難受。一滴汗水順着她的額頭流了下來，掛在了眼角上，鹹鹹的刺激着眼睛，她眨了眨眼睛，卻不能用手去擦。

小嵐的腦袋雖然沒有動，但卻明顯地感覺到附近同學越來越粗的呼吸聲，他們都快熬不住了。她用眼尾瞅了站旁邊的北北一眼，天哪，北北臉上全是汗水，胖胖的身體在搖晃着，好像要倒下來的樣子。

「撲通！」隊列中一個女生腿一軟，跌坐在地上。

隊伍中起了一陣騷動，有人去扶那個女生。

「肅靜！站好。誰讓你們動了？」喬里安喝道，又對雷奇說，「你去扶她，讓她在樹下坐一會兒。」

「是！」雷奇應了一聲，跑過去扶起那女生。

剛把那女生安置好，又是撲通一聲，一個女生腿一軟坐到地上，緊接着又是一個，這回是個男生了。像骨牌效應一樣，一個接一個，一下子倒下了七八個學生。而其他人，也都個個搖搖欲墜，一副要倒要倒的樣子。

北北趁喬里安走到後面時，小聲對小嵐說：「小嵐，大家都挺不住了。你跟教官求求情，看提早結束行不行。」

小嵐看看操場上掛着的大鐘，見到離規定時間還有差不多十分鐘，心裏糾結了一會兒，見到喬里安又走回前面來了，便喊了一聲：「報告！」

「什麼事？」一直在注意學生站姿的喬里安看了小嵐一眼，問道。

小嵐說：「今天是第一次站軍姿，同學們都不習慣，可以早點結束嗎？」

大家一聽小嵐求情，眼睛都「嗖」地亮了。心裏有個小聲音在喊：小教官，答應吧，答應吧！

但他們又馬上失望了。喬里安冷笑一聲：「站軍姿四十分鐘才有效果，讓你們站二十分鐘已經是很輕鬆的了。這樣也做不到，是不是太窩囊了。」

都都在隊伍裏小聲嘟噥着：「什麼事都要循序漸進，可以慢慢來嘛！」

「慢慢來？請問你們是幼稚園小朋友嗎？」喬里安冷笑着，「知道嗎？我之前去過一間小學給六年級的學生作培訓，他們第一次站軍姿都能堅持二十分鐘。而你們，是他們的哥哥姐姐，足足比他們年長了五六年，卻做不到。知不知道你們很沒用，一班沒用的廢、物、點、心！」

喬里安說完，一雙小狼般亮的眼睛挑戰地盯着學生們，好像在說：來呀，有勇氣就來挑戰我，不敢的就是廢物點心。

啊啊啊！什麼什麼？他說什麼？他竟然敢說我們這班天之驕子是廢物點心！是可忍，孰不可忍啊！

大家心裏的火「嗖嗖」地往上躥，真想暴打這個毒舌的傢伙一頓。但是他們想想又不敢，自己的命運被這傢伙揑在手裏呢，惹怒了他，二十分鐘變成五十分鐘也很有可能。我忍，我忍，我忍忍忍……

小嵐心裏咬牙切齒的，從來也沒有人這樣反駁她的意見呢！但也不得不認同喬里安的話是對的，小學生能做到的，作為中學生為什麼不能做到呢！

陸續又倒下了一些人，被雷奇扶走了，嬌小姐雅兒毫無意外也在倒下的人之中。在倒下了十幾個人之後，終於，喬里安「咇咇」吹了兩下哨子，說：「時間到了！」

隨着喬里安的哨子聲，還站着的人一個個坐到地上了。喬里安一臉鄙視地瞧着這幫沒用鬼，大聲說：「休息二十分鐘，然後進行下一項訓練。」

「啊，還有下一項？！」雅兒失聲道。

喬里安用看傻瓜一樣的眼神看着雅兒，說：「你以為軍訓就是一天站二十分鐘嗎？休息二十分鐘，再進行隊列訓練。」

二十分鐘後，一陣催命的哨子聲，又把人家拉回了操場，在喬里安指揮下進行隊列訓練。隊列訓練包

括了立正、稍息、行進、齊步走、正步、跑步、踏步、立定、蹲下、起立、整齊報數、敬禮、禮畢等等。

在喬里安的口號聲中，大家把像走正步這樣的簡單動作機械地重複了幾十次，把大家折騰得快要瘋掉了。在這一輪的訓練中，又陸陸續續有七八個人堅持不住，幸好這時午飯時候到了。

聽到那嘹亮的開飯號聲，大家都激動得要哭了。怎麼這個上午特別漫長，就像過了一個世紀一樣。

解散的哨子一響，一羣人半死不活地去了食堂，半天的訓練，更像幹了半天粗重活，這回他們吃飯那個香呀，別説是飯菜全吃光，差點連飯盤也吞進肚子裏了。

他們離開之後，飯堂員工來收拾桌子，看着那連菜汁也被舔得乾乾淨淨的飯盤，驚訝極了，莫非跟昨天不是一幫人，但明明軍營裏只有一幫學生呀！

吃完飯，睡了一場午覺，又聽到催命的集合哨子聲響起，下午訓練時間到了。又是枯燥無比也辛苦無比的站軍姿、列隊訓練，到了結束時，一個個連説話都沒力氣了。

不過好了，總算可以休息，暫時逃脫大魔王的魔爪了。可是，臨解散時大魔王又給了一個「驚喜」。

喬里安似笑非笑地站在隊列前，說：「下面唸到名字的同學留下。」

啊，什麼事？大家交換着好奇的小眼神。

喬里安一連唸了八個人的名字，然後說：「剛才唸到名字的，明天吃完早飯後，在食堂側門門口集合……」

「幹什麼？」四大天王之一的蕭朗也被唸到了名字，他一臉的小激動。從食堂側門的樓梯上去，有個軍官小飯堂，難道教官帶我們去那裏吃好的？

可現實是那麼殘忍，蕭朗很快就欲哭無淚了。

喬里安說：「去打掃食堂旁邊的兩個公共洗手間。這八名同學，在今天的訓練中表現最差，怕苦怕累，成績落後，要受罰。」

「啊！」大家都傻了。

是的，喬里安的確說過，訓練不認真的要受罰，只是大家都選擇性地遺忘了。

他們長這麼大，別說洗廁所，連衣服都沒洗過呢！嗚嗚嗚，洗廁所，好殘忍哦！恐怕今晚在惡夢裏都已經給臭死了。

好想給國王爸爸投訴啊！可是，電話給沒收了。可恨的小教官，早把他們的退路堵死了。

這天晚飯後，小嵐和三個女生，回到宿舍連澡也沒洗就全癱在牀上：

「天哪，我的腿要斷了！」

「媽呀，我的胳膊好痛，抬不起來了！」

「嚶嚶嚶，我的腰好痠，直不起來了！」

「我恨小教官！儘管他那麼帥也得恨！」

小嵐躺了一會兒就爬起來，找到帶來的小藥箱，走到雅兒的牀邊，說：「把袖子拉起來。」

「幹嘛？」正在呻吟的雅兒害怕地瞧了瞧那個印着一個紅色十字的箱子。該不是要自己吃什麼苦藥吧！

「公主殿下，給你抹藥。」小嵐不耐煩地說。

「好啊好啊！」不是吃苦藥就好。

小嵐拿出一瓶藥油，倒了一些在手上，然後抹到雅兒的胳膊上，接着把藥油揉勻，再用力按摩。

「啊，痛死我了。別那麼使勁好不好？！」雅兒大聲叫嚷。

「住嘴！我一個女孩子能有多大的勁？」小嵐不理她，還是出力按摩着。

在雅兒的鬼哭狼嚎中，小嵐把她左胳膊按了一陣子，又把右胳膊按了一會兒，然後拍拍她的頭，說：「好了，一會兒就不會痠痛了！」

她又把眼光落到卓芝身上，卓芝剛才見到雅兒鬼叫，覺得按摩一定很痛，見小嵐看向她，嚇得急忙往牀裏縮。

小嵐說：「你是想明天走不了路，抬不起手吧？」

卓芝可憐地搖搖頭：「不是。」

小嵐說：「那快過來讓我按摩。」

卓芝苦着臉挪回牀邊，用手捂着眼睛不敢看，把小嵐氣得真想一掌把她搧到牀底。

又是一陣陣鬼哭狼嚎。小嵐給她們三個揉完以後，手已經痠得沒一點力氣了。只好先躺在牀上休息一會兒。

「咦，胳膊真的不痠了？」

「真神奇！腿不痛了。」

「啊，我的腰⋯⋯咦，腰還在，怎麼沒感覺？啊，腰痛沒了！」

「小嵐，你好厲害啊，你日後可以做醫生呢。」

小嵐沒好氣地看着她們，說：「你們好了，可我就更累了。」

「那我們幫你揉！」

「對對對，我們幫小嵐揉！」

「我揉胳膊。」

「我揉腿。」

「我揉腰……」

於是，小嵐像個大老爺一樣，享受三個公主的按摩服務。

第六章

神槍手馬小嵐

早上集合時，全團三十人有八個是哭喪着臉的，剛洗完廁所，此刻還是滿鼻孔的消毒水和大小二便的臭臭味呢！還有十八個是忙碌的，全都在像老爺爺似的捶着腰敲着腿。剩下四個朝氣篷勃，就像早晨八九點鐘的太陽，當然是因為昨晚塗了藥又經過按摩、「滿血復活」的小嵐和她的三個小伙伴了。

「你們幾個吃了什麼神藥，這麼精神？」大家都很驚訝。

「嘻嘻，這是秘密。」就不告訴你們。

今天還是站軍姿和站隊列，終於全部人都堅持下來了。沒有人偷懶，沒有人怕苦怕累。再苦再累也沒有洗廁所慘啊！

昨天那可是血的教訓，說錯了，應該是「臭」的教訓。我們大好少年，所以今天絕對不能讓小教官陰謀得逞！

一連幾天練軍姿和隊列，皇家軍訓團終於也有模有樣了，看上去只比那些真正的士兵差那麼一點點。這天，終於到了大家都感興趣的項目——射擊訓練了。

對於射擊，皇家軍訓團裏很多人都接觸過。作為皇家後代，他們自幼就被多方面培養，所以不少人練過射擊。雖然普遍還在入門階段，不過，起碼不是小菜鳥一枚了。

喬里安也不管有哪些人已經練過，哪些人從沒學習過，反正一律當是初學的，因為練過射擊的人姿勢也不一定正確，也得從頭學起。

他給大家講解了手槍的結構及功能，以及各部件的名稱。然後再一次強調，要同學們嚴格遵守安全使用手槍的規定，千萬別掉以輕心。一個不留神，傷了自己或者傷了別人，都是不能彌補的過失。

然後，喬里安就跟大家講解射擊要領，還是由雷奇給作示範。

「先說握槍要領，有三點。一、雙手握槍；二、握槍時手要均勻用力，槍柄卡在虎口內，放鬆食指；三、手腕及大臂要挺直，以大臂帶動小臂。清楚沒有？」

「清楚了！」

「好，下面大家跟着雷奇的動作，練習握槍。」

學生們不管有沒有學過的，全都認真按着喬里安說的要領，又看着雷奇的示範動作，一遍又一遍地練習握槍動作。雖然動作很簡單，但練了多遍之後，也挺累的。幸好這時喬里安接着教瞄準了。

「瞄準目標，眼睛、缺口、準星三點成一線，擊發前吸氣，擊發時屏住呼吸，擊發後呼氣……」

喬里安見大家把動作練得差不多了，便對靶場一名工作人員說：「把靶子移到四十米處。」

工作人員按了按遙控器，遠遠那個畫着十個不同顏色圈圈的靶子，慢慢地往前移了一會，又停了下來。

喬里安看向雷奇：「雷奇，你來試試。」

雷奇應了一聲：「是！」

然後舉槍，瞄準那距離四十米遠的靶子，扣了板機：「砰！」

遠處傳來報靶聲：「十環！」

對於打靶成績的計法，學生中很多人是知道的，

知道十環是怎麼回事。靶子上有十個圈，打在圈上就能獲得分數，即是說，打在最外面那一圈就是一環，成績就不妙了。而打中最中間的那個圈是十環，就是最好成績。

四十米遠的距離，能打中靶心，得了十環，是很了不起的成績了。看這小酒窩哥哥平日不顯山不露水的，甘當喬里安的小助手，原來實力這麼強！

「小酒窩哥哥厲害，小酒窩哥哥厲害！」不知誰領的頭，軍訓團學生一齊喊了起來。

哈，那小酒窩哥哥竟然臉紅起來了。

「小酒窩哥哥？」喬里安瞅了雷奇一眼，臉上肌肉抖了幾下。

這幫搗蛋鬼！

這時，又有把聲音喊道：「喬教官，來一個！喬教官，來一個⋯⋯」

還以為把自己藏在別人身後，就不會讓人發現，但那把嘶啞的鴨子嗓卻出賣了他。這分明是都都那個臭孩子呀！喬里安沒想到這傢伙把火燒到他身上了，不禁冷哼一聲。

見到大魔王並沒有大發脾氣，就有很多把聲音加入了，喊聲越來越大，越喊越起勁，一副不達目的絕不罷休的樣子。他們有些人的確是想看看喬里安的射擊水準，而有些人卻跟都都一樣，是想看他笑話。

雷奇射擊這麼厲害，喬里安說不定不如他呢。到時候，看你還敢不敢對我們那樣狠，那樣毒舌。連助手也比不過，羞羞！

雷奇用徵詢的目光看了看喬里安，說：「長官，怎麼樣？」

雷奇知道喬里安的射擊能力，也想讓他表演一下，鎮鎮這幫小猴子。

這時靶子已經退回原來位置，即五十米遠的地方了。喬里安「嗖」的拿起手槍，大家還沒看清楚他的動作，也沒看清他怎麼瞄準，就聽到「砰」的一聲槍響。

大家都呆了，好像還沒有把靶子挪動呢！這時已經聽到報靶聲：「十環。」

五十米，連靶子都快看不清了，喬里安竟然能打到中間的圓點！這水準，參加奧運都可以了吧！

現場一片寂靜，大家全都瞠目結舌的，傻傻地看着五十米外的靶子，該不是剛剛有人不注意，跑到靶子跟前打了一槍吧！但他們又不得不承認，剛剛是親眼看到喬里安朝着靶子射擊的。

好一會兒，大家才想起要表示點什麼。這大魔王雖然很討厭，但這打槍水準真是令人萬分佩服。「啪啪啪」，大家都拚命拍起掌來。大魔王好厲害，得給他點個讚。

喬里安卻一臉「不算什麼」的樣子，他冷冷地看了大家一眼，說：「好了，教也教過了，示範也示範過了，下面就輪到你們了。十米靶，每人有三顆子彈。三人一組，三個隊列各出一人，就由隊尾開始吧！」

「十米靶，應該還好吧，不算遠。」

「糟了糟了，我以前只打過一次槍呢！」

「哈哈，我強項啊！看我大顯身手。」

「嚶嚶嚶，好害怕！」

有人大聲問道：「報告！如果打不好，還要不要罰洗廁所？」

喬里安冷冷地朝那人看了一眼，說道：「當然要。」

「噢，死了死了，我肯定又要去洗臭臭了！」

一片哀鳴。

「沒出息！」喬里安哼了哼，說，「開始了，排最末的，出列！」

三個人應聲而出。

喬里安大喊道：「就位！」

「是！」

兩女一男，三個學生走到射擊位，拿槍，瞄準。現場一片緊張，但最緊張就是即將射擊的三名學生了。他們拿着槍的手都抖得厲害，真倒霉，怎麼就不從隊頭開始呢！

砰、砰、砰……

槍響過後，有電子聲報靶：「第一靶位，八環；第二靶位，四環；第三靶位，零環。」

「啊！」第三靶位的那個女生一把捂住臉。

剛剛報的環數是三次射擊的累計數，那就是說，她三槍都沒打到靶子上，全射到別的地方了。

打四環的男生拍拍胸口，還好還好，沒吃白果。好歹三槍都是打在靶子上。另一個打了八環的女生就高興得跳了起來。三槍八環啊，我好厲害！

大家瞅瞅喬里安，只見他冷着臉，搖搖頭，看上去極不滿意。也難怪，竟然有人連靶子的邊都沒打中，真沒用。

「第二組，出列！」

「是！」

這次是三個女生。三個人都顯得信心不足，怯怯地走到射擊位，拿起槍，瞄準。大家目不轉睛地看着。

砰、砰、砰……

又是電子聲報靶：「第一靶位，六環；第二靶，位十五環；第三靶位，一環。」

這次有個成績稍好的了。十五環，平均也有五環，算不錯吧！

喬里安還是搖頭。

第三組。咦，這回有都都呢。這傢伙平日牛皮吹得挺大的，看他能耐如何。

只見都都大搖大擺地走到射擊位，拿起槍擺姿勢耍帥，那得瑟模樣直讓人想揍他一頓。只見他砰、砰、砰，一槍比一槍打得帥。

「第一靶位，九環，第二靶位，二十環……」

「哇，二十環耶！」大家都好激動。

「都都真厲害！」

打了二十環的都都高傲地翹着下巴，差點搖起尾巴來了。

喬里安臉色更差了。才十米的距離，二十環也值得這麼興奮嗎？！這幫少爺小姐，沒一個有出息的。

一組組打下去，脱靶的出現了多次，一人跟都都打個平手，也是二十環，但超過的就沒有了。喬里安對這幫傢伙不抱什麼大希望了。

最後一組了。大家都目不轉睛地看着，看看有沒有奇跡出現。

小嵐站在第一靶位。萬卡教過她練打槍，還打得不錯。這時，她拿起槍，腦子裏回憶着射擊要領，穩穩地舉槍、射擊。其他兩個學生也開槍了。

「砰砰砰！」三槍過後，電子報靶聲又響了，「第一靶位，三十環；第二靶位十七環；第三靶位，十四環！」

「三十環！哇，三槍全中紅心，小嵐是個神槍手啊！」

「小嵐、小嵐、小嵐、小嵐、小嵐……」隊伍沸騰了。

讓喬里安鄙視了幾天，總算有個人給他們長臉了。看你小教官還敢不敢說我們是廢物點心。

大家都覺得臉上有光，腰也挺直了。

小嵐把槍放下，睨了喬里安一眼，回到隊列裏。心想，我厲害是肯定的，我師傅是萬卡哥哥呢！

喬里安的冷臉孔總算暖了一暖，十米三十環，放在一名學生身上算可以了。這小嵐公主，還真名不虛傳，不愧是萬卡國王看好的人。

「立——正！稍息！」喬里安總結了這次射擊訓練，他繼續發揚毒舌精神，「這次射擊有三名同學吃了白果，竟然三槍都脫靶了。才十米啊，這麼大的靶子竟然一槍不中，我想問問這些同學，你們的眼睛是用來幹什麼的，是用來吃飯的嗎？！笨蛋！」

「嗚嗚嗚……」一個拿了零環的同學哭了，她是個尊貴無比的公主啊，不知被多少人哄着寵着，現在竟然被當成笨蛋，真受不了。

物傷其類呀，大家都同情地看着她。

「不過，讓我有點安慰的是，有同學打了三十環。在這裏，我要表揚一下馬小嵐同學。」喬里安說到這裏，看了看小嵐，「不過，跟我們的戰士比，這

成績就算不了什麼了，請馬小嵐同學不要驕傲。」

小嵐撇撇嘴，這是典型的給你一顆糖又馬上敲你一棍子呀！我有說我會驕傲嗎？哼哼！

「好。下午用兩小時練習站軍姿和站隊列，四點鐘解散……」

「哇，太好了！」

「下午只練兩小時呀。四點就可以解散了，好幸福啊！」

「哇哇哇……」

喬里安看了學生們一眼，臉上露出一絲狡猾，接着說：「你們今晚早點休息，明天進行……十公里負重越野訓練！」

小教官，你怎麼可以這樣，剛給了一點陽光，就馬上一個雷劈下來！

「啊，十公里負重訓練！」

「我不想活了！十公里，還要背着東西！」

「小教官，你怎可以這樣殘忍，嚶嚶嚶……」

越野，那就意味着要爬山涉水、路途崎嶇，而且還要揹着背包以及帶着乾糧、飲用水，徒步走十公里。小教官，你這是把我們往死裏折騰啊！

喬里安臉上沒有表情，心想，別怪我，這是你們的國王爸爸參與製定的訓練課程，說是「吃得苦中苦，方為人上人」。他沒跟這幫傢伙多廢話，直接喊道：「立——正！稍息，解散！」

說完，腰背挺得筆直，邁着軍人特有的步子離開了，只留下一羣慘叫着的王子和公主。

樹上的小鳥也打了一個冷顫，原來做王子公主是這麼慘的。自己以後一定不可以做王子公主，打死也不做！

第七章

被關小黑屋的王子

下午，果然四點就解散休息了。喬里安宣布明天上午八時正，各人帶齊所有東西，準時在操場集合。

女生們全都回宿舍了，她們都喜歡第一時間做個人清潔，大熱天出了一身汗，黏黏的太難受了。一幫精力過剩的男生卻拿了籃球，去操場打一場友誼賽。幾天都沒有摸籃球了，手癢癢的。

不過，因為畢竟訓練了兩小時，也真有些累了，大約打了球一小時，大家就散了，各自回宿舍去。

四大天王抱着球回宿舍，途中路過一排平房，那裏是基地的辦公室，還有軍械庫。他們看到一名小個子軍人從一個房間出來，可能是打算只離開一會兒，所以只是虛掩了門，並沒有鎖上，就拿着一份文件離開了。

看到房間沒鎖，都都朝三個同學眨眨眼，說：「有沒有興趣去看看，如果是軍械庫，正好看看有什麼新式武器，玩玩也好啊！」

四大天王之一蕭朗是軍事發燒友，聽到軍械庫三個字，眼睛就亮了，顯得比都都還要積極：「去去去，去看看！」

另外兩個同學，韓思和唐憶也是愛惹事的傢伙，興沖沖地跟着走了。先去窗口瞧瞧，裏面沒有人，哈哈，天助我也！

打開門，發現並不是什麼軍械庫，只見一面靠牆有幾個大櫃子，裏面裝着書和文件資料。另一面是幾張並排放着的辦公枱，枱上放着麥克風，還有一些播音器材。

「咦，原來是廣播室。一點不好玩。」蕭朗失望地說。

都都平日就喜歡研究電子器材，見到都會好奇地去擺弄一下。這時見到這麼多的播音器材，當然不會放過。他走去瞧了一會兒，這裏按按，那裏撳撳。

他指着一排按鈕，說：「這是起牀號、出操號、開飯號、熄燈號，我們每天的作息命令就是由這裏發出的。如果讓我當廣播員就好了，我就每天遲一個小時播起牀號，提早一小時播吃飯號……」

「哈哈哈，想得美！」四個人打鬧了一番。

都都說得開心，乾脆坐到播音台前，裝模作樣地說：「王子都都廣播站，現在開始廣播。咱們先來個起牀號。」

「好啊好啊！」另外三個唯恐天下不亂的傢伙拍手叫好。

「兄弟姐妹們，快起牀吧！」都都按了一按起牀號的錄音開關。

他們不知道，這一按馬上闖大禍了。因為都都剛才這裏按按，那裏按按的時候，不小心把電源開關打開了。

「嗒嘀嘀，滴答……」嘹亮的起牀號頓時響徹了軍營的每個角落。

偏偏播音室是隔音的，不會聽到外面聲音，都都他們並不知道，還在玩着。

練兵場上、辦公樓裏、各座軍營……所有聽到的人都莫名其妙，不知道發生什麼事了。

現在是下午四點多呀，怎麼響起起牀號來了。

還沒等他們反應過來，又聽到了熄燈號。

熄燈號！大家看看天上的太陽，離睡覺還遠着呢！

還沒完，又聽見了開飯號……

人們覺得自己要神經錯亂了。

基地湯司令員大怒：「反了反了，是什麼人在搞破壞，快查！」

「是！」身邊的副官應了一聲，急忙撥電話給分管廣播室的後勤部長。

後勤部長也聽到廣播了，正怒髮衝冠地給廣播員小明撥電話，還沒撥通，就被副官的電話打了進來：「部長先生，湯司令問咱們廣播室發生了什麼事。」

後勤部長「啪」的一聲立正：「請轉告司令員，我儘快給出事故報告。」

「看我不剝你一層皮！」後勤部長罵罵咧咧的，他乾脆不打電話了，直接往廣播室跑去。

半路上碰到了慌慌張張的播音員小明，後勤部長一把抓住小明，怒氣沖沖：「你瘋了嗎？為什麼亂播號聲？！」

小明大叫冤枉：「不是我。我剛拿了一份播音稿子去核對，回來路上就聽到號聲了，正想回去看看發生什麼事呢！」

「不是你幹的，你也要負上失職的責任。一定是有人搞破壞！」後勤部長掏出電話，撥給了憲兵隊，「馬上派一隊人去廣播室抓人。」

廣播室裏，四個人不知危險接近，還在嘻嘻哈哈地玩得開心。蕭朗説：「不如我們來真的，播一些熱門的流行曲給基地的兵哥哥們聽。」

「好啊好啊！播《大王來巡山》。」

「不，播《我是灰太郎》！」

「……」

正在説得高興，不提防有人大喝一聲：「不許動！舉起手來！！」

啊！小伙伴們全都驚呆了。只見十幾個殺氣騰騰的軍人，正拿着槍對準他們。

四個人全都嚇得臉青唇白，不由自主地舉起手來。

都都顫聲説道：「別、別抓我，我是都都王子。」

「對對對，我是綠楊國王子。」

「我是大昌國王子。」

「我是武陵國王子。」

各人趕緊自報身分，按他們以往經驗，只要打出王子的名號，就會大事化小，小事化無的。

「什麼王子公主的，我說我是皇帝呢！抓人！」後勤部長手一揮。

四個人被抓回憲兵隊，由憲兵隊長親自審問，後勤部長在一邊旁聽。他先問都都。

「姓名？」

「都都。」

「性別？」

「還用問嗎？難道看不出我是男的嗎？」都都嘟囔着。

「回答！」聲音很兇。

「男、男的。」都都嚇了一跳，趕緊回答。

「哪裏人？」

憲兵隊長又依次問了其他三人的情況。三人老老實實回答。

「我是綠楊國王子。」

「我是大昌國王子。」

「我是武陵國王子。」

「你們為什麼要搞破壞，目的是什麼？好好交

待，坦白從寬，抗拒從嚴！」

「我們沒搞破壞呀，只是覺得廣播室好玩，進去瞧瞧而已。」都都解釋着。

「我們絕對是好人……」蕭朗也趕緊聲明。

「大大的好人！」唐憶和韓思也異口同聲補充說。

「你們是皇家軍訓團的學生？」後勤部長使勁一拍桌子，「你們簡直膽大包天啊！知不知道，你們胡亂播放軍號聲，一會兒起牀一會兒熄燈睡覺的，這是要上軍事法庭的。」

「播放？」小伙伴們全傻了。什麼播放，分明只是摸擬一下呀！

「大叔，您說剛才聽到播放軍號聲？」都都小心翼翼地問。

「敢做不敢認嗎？那麼大的聲音，聾子都聽到了。」

四大天王面面相覷，闖禍了。

不過，別嚇唬我們好不好？最多算是來個惡作劇，有那麼嚴重嗎？要上軍事法庭。

「胡鬧！簡直是胡鬧！！」後勤部長用手指着那

四個不知天高地厚的傢伙，真想把他們狠狠揍一頓。

他們是皇家軍訓團的學生，那就牽涉到外交層面了，還是把事情交給司令員處理吧！

「報告司令員，軍號事件是這樣的……」後勤部長一五一十把事情說了。

「這幫臭小子，太可惡了！我非給他們一個教訓不可！！」司令員大聲咆哮着。

司令員放下電話，又撥了給國王萬卡：「國王陛下，皇家軍訓團出事了！」

「出事了？出什麼事了？！」萬卡正在跟大臣們討論一項新的國家經濟項目，聽了司令員的話大吃一驚，「嗖」地跳了起來，扔下一屋子的國家重臣，跑出了會議室。

「出什麼事了，說！」萬卡站在走廊裏大聲喊道，全沒了平日的溫文儒雅。

司令員不知道自己的話語有問題，被萬卡的語氣嚇了一跳，不知道國王為什麼這樣緊張：「啊，是、是這樣的……」

萬卡聽完鬆了一口氣，但馬上又怒了。這幫不知天高地厚的傢伙，還以為有王子身分就可以無法無天

嗎？罰，重罰！

司令員問道：「怎麼罰？」

萬卡想了想說：「關兩天小黑屋。」

「是！」司令員收了線。心想，便宜那幾個臭小子了。國王陛下還是心太軟啊！

四個惹事精被罰關基地裏的小黑屋。在押送他們去小黑屋的路上，四個人仍不死心，朝押送的兩名兵哥哥說：

「拜託，帶我們去見司令員吧！」

「是呀，可以嗎？」

「司令員見了我們一定會改變初衷的，我們這麼可愛！」

「關小黑屋一定是那小教官搗的鬼吧，他早就看我們不順眼了。」

兵哥哥臉上一點表情也沒有，也沒看他們一眼，好像沒聽見他們説話似的。

「啊，這兩位該不是機械人吧？」都都腦洞大開，突發奇想。

「哇哇，好害怕。千萬別有零件壞了，如果機器壞了他們會打人嗎？」

「我摸摸。啊，這機械人太真實了，身上有溫度的！」蕭朗伸手去摸其中一個兵哥哥的臉。

「放開你的手！」那個兵哥哥臉上表情頓時炸裂了，「你才是機械人，你全家都是機械人！」

啊啊啊，嚇死寶寶了，原來機械人還會罵人！

等他們弄清這兩人真不是機械人時，已經到了小黑屋門口。

「進去。好好享受這兩天兩夜吧！」一個兵哥哥幸災樂禍地說。

四個傢伙抱住門口的一棵樹，死也不肯進屋。

「還是讓我們去見見司令員吧，他一定會看在我們老爸面上，放過我們的。」都都還想垂死掙扎。

「哼，你們死了這條心吧，去見司令員只能讓事情更糟糕！老實告訴你，本來司令員是要把你們送軍事法庭的，是國王陛下心軟饒了你們。如果不是，哼哼……」一個兵哥哥說。

留個省略號給你們這幫混帳小子想想，別以為自己是王子，全世界就得把你寵着哄着。

之前還挺神氣的四個人頓時像被雨打過的狗尾巴草一樣，低頭耷腦了。

「你們還要不要見司令員？」另一個兵哥哥揶揄地説。

「不用了不用了！」四個人趕緊搖頭。

「那就進去吧！」

隨着「砰」的一下關門聲，小黑屋的門被關上了。

四個人先適應了一下屋裏暗淡的光線，然後打量起室內的環境來。説是小黑屋，其實也不是一點光線也沒有的，牆上還有個四方型小窗口。

再看看，屋裏除了鋪在地下的幾張墊子，就什麼也沒有了。桌子、椅子連影兒也不見，看來這兩天兩夜只能在墊子上度過了。

四個人一個接一個躺倒在墊子上。

「小黑屋就小黑屋吧，那明天的十公里越野就可以逃過了。這就叫『塞翁失馬，焉知非福』。哈哈！」

「是呀，今後我們的人生經歷，就可以加上『坐牢』一項了。」

可是，很快他們就開始叫苦了。

「這墊子怎麼這麼薄？咯得骨頭痛！哎喲……」

「屁股也痛！」

「想念我家的高級牀墊啊！」

「給少爺來一套高牀軟枕！」

隨着夜晚的來臨，小黑屋裏傳出的鬼叫聲就越來越頻繁了。

「真的很黑啊！我懷疑自己眼睛瞎了。」

「我受不了啦！我想念外面的花草樹木，月亮星星……」

「我想念外面的大風大雨，就是被風吹到病，被雨淋到死，也比關在這裏好！」

「我想出去吸一口自由空氣，想喝一瓶冒泡的汽水……」

「啊，這是什麼？蟑螂？！救命啊……」

一陣慘叫聲，嚇得窗外一棵樹上的小鳥兒抱着媽媽發抖：「媽媽媽媽，蟑螂是世界上最可怕的妖精嗎？妖精要吃了屋子裏的人類嗎？」

第八章
請你吃牛肉包子

上午九點，皇家軍訓團的學生準時來到了操場。

昨天那混亂的軍號聲他們也聽到了，後來還收到消息，是四大天王的惡作劇。

一羣人在議論紛紛，猜測着都都他們的命運。

「聽說關了小黑屋……」

「要上軍事法庭嗎？」

「會不會要判流放，流放到荒無人煙的地方，沒吃沒穿的……」

「胡說，又不是古代！」

突然一個女生大聲喊起來：「咦，那不是都都他們嗎？」

沒錯，都都、蕭朗，還有韓思和唐憶，四個人垂頭喪氣地跟在教官哥哥喬里安後面，朝這邊走來了。

喬里安這時停下了腳步，對那四個傢伙說：「馬上回宿舍，帶上需要的東西，回來集合。」

「是！」四個人十分聽話地立正、敬禮，然後往宿舍狂奔。

不到十分鐘，四個人又背着背囊等東西狂奔回來。

喬里安滿意地點點頭，對他們說：「記着，你們還欠着一天一夜的小黑屋。能不能一筆勾消，就看你們今天成績如何了。記住，前五名，掉到五名之外，今晚……」

「放心好了，我們一定行！」

「對對對，一定行！」

「教官，我們會乖的。謝謝你替我們求情……」

大家都目瞪口呆地看着那四個人，難道小黑屋真能改變人？小刺頭都變成小乖兔了。

這時喬里安大聲說：「全體都有，聽口令。立——正，稍息。今天的越野訓練，馬上要開始了，我宣布，最早走完全程，回到這裏的人，可以得到獎勵，一晚上的手機使用權……而最後五名，清潔洗手間。下面，解散！」

「噢噢噢！」

「第一名有一晚上的手機使用權哦！」

「我要爭取第一名！」

「我不想再洗廁所了！」

一羣人哇哇怪叫着，爭先恐後出發了。

雷奇帶着十幾個士兵跟着這班王子公主，留意他們的安全，喬里安就鑽進了一輛小吉普車裏，慢慢地開着，沿途觀察學生們的表現及安全狀況。

透過車前的擋風玻璃，看到「四大天王」是跑得最快的，為了今晚不再進小黑屋，他們拼了。雷奇朝他們喊「保存體力」，他們也沒管。喬里安看着他們消失得很快的背影，不禁輕笑起來。還算有救，不枉自己出面保了他們一次。

其他男生女生，都像一羣撒歡的小兔子一樣，跑的跑，走的走，也開動了。喬里安留意到小嵐，和一羣女生一起，不緊不慢地走着。

看着小嵐那矯健的身影，喬里安想，這女生第一名，說不定會讓這小公主拿了。

「轟！」喬里安一踩油門，把車子開動了。他不緊不慢地跟在那羣小鴨子後面。

有個男生唱起了歌：「太陽對我眨眼睛，鳥兒唱歌給我聽，我是一個努力幹活兒，還不黏人的小妖精……」

一班男生跟着唱：「別問我從哪裏來，也別問我到哪裏去，我要摘下最美的花兒，獻給我的小公主……」

一個男生從路旁摘了一朵小野花，邊唱邊雙手送給身邊一個女生。女生笑嘻嘻地接過了，頓時響起一片口哨聲。

喬里安不禁笑了起來，真是一幫沒長大的孩子。

越野訓練，要背着被鋪，不是一件輕鬆的事，所以走了大約一半路之後，除了少數體能特別好的男生，大家的速度都普遍慢下來了。歌聲、笑聲也沒了，而隊伍也越拉越長。

喬里安開車跟在後面，一路看着，心裏有點驕傲：他們國家的小公主的確給他們長臉，看她腳步輕盈的，還有餘力，相信能堅持到最後。

喬里安對小嵐的評估其實挺中肯的，因為萬卡假日裏常帶她和曉晴曉星去爬山，去野營，每次都走不少路，所以對於十公里的越野，還是能應付的。

可是不對，她為什麼會越走越落後呢？每個人都是一路向前走的，但她常常往回走，找那些掉隊的女同學。

「加油！堅持就是勝利，我們已經走了一半路了！」

「行嗎？我來扶你。」

「晴子，你怎麼啦？」

小嵐這時彎腰問一個女生，那女生坐在地上，樣子要多慘有多慘。

「嗚嗚嗚！」晴子扁着嘴，「我、我不行了，我可能要死在這裏了。」

小嵐哭笑不得，她說：「把東西給我。」

說着，就去拿晴子身上的背囊。

「啊，不行不行！」晴子瞪大眼睛，她哪敢讓小嵐替她背行李呀。

「少廢話。再耽擱，你就一定要洗廁所了。」

「啊，不要啊！」晴子跳了起來，也忘了身上的疲累了。為了逃避洗廁所的厄運，拼了。

看着晴子背着背囊往前竄的樣子，小嵐笑着搖搖頭。

一轉頭，發現後面還有一個坐在地上掉着眼淚的女生。是個子嬌小的珍。

「珍，怎麼了？」

「我的腳長了幾個透明的泡泡，腳一沾地就很痛。小嵐，我的腳是不是要跛了？」珍把腳抬起，邊哭邊讓小嵐看。

「嗤！這就會跛？那世界上就會有很多跛腳的人了。小事一件，我幫你治。」小嵐說着，從挎包裏拿出一個盒子。

盒子裏放着幾瓶消毒水、幾小卷繃帶，還有其他不知是什麼的東西。珍驚訝地說：「小嵐，你還懂醫呀？」

「一點點吧！」小嵐從盒子裏面拿出一小瓶消毒的碘伏，還有一根小小的針。她用消毒藥水擦了擦針，然後又去擦珍的腳底。

「啊，救命！」看着小嵐把針湊近腳底的泡泡，珍趕緊往後縮，嘴裏還發出慘叫聲。不知道的，還以為有人要殺她呢！

「別動！不痛的。」小嵐用手抓住珍的腳，不讓她動。然後很快地一下、兩下、三下，把珍腳上的幾個泡挑破了。

小嵐用棉花球擦擦，又再用碘伏消毒，然後說：「可以了。穿上襪子和鞋，走幾步看看。」

珍聽話地穿上鞋襪，站起來試着把腳踩地上。沒有想像中的疼痛，又走了幾步，咦，腳底只有一點點不舒服，之前鑽心的痛沒了。

「小嵐小嵐，真的不痛呢！你好厲害哦！」珍高興地說。

「好啦，快走吧！要不就最後一名了。」小嵐拍拍珍的肩膊。

「噢，對對對，我可不能洗廁所！」珍趕緊背起背包，「小嵐，咱們一塊走。」

「你先走，我看看後面還有誰。」小嵐說。

「小嵐，我在前面等你，你可要快些來啊！」珍朝小嵐揮了揮手。

喬里安的車子就停在不遠處，他默默地看着那個往反方向跑的苗條背影，心裏充滿了佩服。別人都拚命往前跑，要拿第一，要避免落後了受罰。唯獨她卻往後跑，一路照顧掉隊的同學。

喬里安踩了踩油門，慢慢地向前開着。心想，別總顧着幫別人，讓自己落得最末名呀！

過了十來分鐘，見到車窗外有兩個人走過，一個身材苗條的女孩背着兩個背囊，一隻手還攙着一個走路一瘸一瘸的女生……

喬里安讚許地點了點，然後開着車緩緩地跟在她們後面，那兩個蹣跚但又堅定的背影，往前走着走着，把一些男生、女生拋在後面。

一小時後，之前出發的大操場上，喬里安拿着這次越野訓練的考核表，在那裏等着。

翻了翻考核表，見到小嵐的排名在全團的第二十名。心裏未免惋惜，都是別人拖累的啊！

繼續翻下去，不由得嘴角露出一絲微笑——四大天王成績不錯，看來，給點壓力還是能把他們的潛力逼出來的。

等全部人都返回後，喬里安走到隊列前面，大喊一聲：「立——正！」

一班殘兵敗將馬上打醒十二分精神，昂首挺胸、迅速站好。

「同學們辛苦了！」

「教官辛苦！」

「稍息！」

喬里安拿起考核表，開始宣布結果。大家都緊張地盯着他，心裏祈禱着，老天爺爺，千別讓我去洗廁所啊！

「下面宣布女生第一名……」

第一名的女生聽到自己名字，高興得跳了起來。

「女生第二名……」

聽到小嵐在女生中排名第十二名，好些女生都向她投去了愧疚的眼神，覺得是自己把她連累了。

「下面宣布男生第一名，都都！」

站在都都旁邊的男生撞了都都一下，說：「死中求生啊，你成功了！」

都都一臉的得意。哼，我優秀起來，連自己都佩服。

四大天王中的另外三個人，分別排名為第二名、第四名、第五名。看來有壓力才有進步啊！

喬里安見大伙兒都挺累的，也就長話短說，然後宣布解散了。

那四個傢伙馬上噢噢地叫起來了。

「同胞們，請一同慶賀我們脫離苦海吧！」

「謝謝天、謝謝地、謝謝我爹我娘、我哥我姐、我家的貓貓阿咪狗狗阿黃……」

「嗚嗚嗚……」而五個成績最差的倒霉鬼哭喪着臉，明天一早要洗廁所呢！

晴子跑到小嵐身邊，不好意思地說：「小嵐，都是我害的你。如果你不是為了幫我，肯定能拿到第一名的。」

受過小嵐幫助的幾個女孩也圍了上來，向小嵐道謝。

小嵐說：「哎呀，別再說那些肉麻話了。真要謝我，就請我吃牛肉包子。」

基地飯堂裏供應的牛肉包子，鬆軟香滑，是唯一能入得了王子公主們眼裏的美味食品。

「好，一言為定！小嵐公主，我請你吃五個牛肉包子。」

「我請你吃十個！」

「我十五個……」

「喂，想把我撐成一個胖子呀！」

「哈哈哈……」

女孩子們想像着小嵐變成胖子的模樣，都忍不住大笑起來。清脆快樂的笑聲，飄蕩在基地上空。

樹上的小鳥看了很羨慕，牠說：「媽媽媽媽，我也想像那個公主姐姐那樣，有很多朋友請吃好東西。」

媽媽說：「你可以的。只要你心裏裝着其他小鳥，在他們有困難時給予關心和幫助，也會有很多小鳥請你吃小蟲子的。」

第九章

拉歌王子

「咇，咇，咇咇咇……」喬里安一邊吹哨子，一邊盯着面前昂首挺胸、步伐整齊走着正步的學生，心裏感到挺安慰的。

時間在飛快地過去，轉眼已經是學生們來這裏的第二十天了，軍訓時間已經過去大半。在這段日子裏，學生們在軍隊這個大熔爐裏得到了錘煉，都在不同程度地成長起來，不再是剛來時那刁蠻任性、充滿驕嬌二氣的王子公主。

喬里安暗自舒了一口氣，總算不負三十位國王的囑託了。做了這麼一段時間的「醜人」，這班小傢伙眼中的「大魔王」，還真不容易啊！

希望他們在以後的歲月裏，在任何艱難險阻中，都保持着這股精神，這種毅力，做一位稱職的君王。

又一天的軍訓結束了，每到這時候，喬里安總要站在隊列前，總結一下當天的訓練情況，説一下第二天要做的事項。今天也一樣。

不過，說完上述事情時，他宣布說，今天基地召開全體軍人大會，皇家軍訓團也要參加。說完，就帶着隊伍往東面的那個大會場走去了。

學生們都挺好奇地，一邊走都在一邊議論着，他們來這裏軍訓後，還沒參加過基地的會議和活動呢！不知道這次把他們喊去，是什麼原因。

開會的地方據說大約可以坐五六千人，現在操場上已經基本上都坐滿了。基地大約一萬多軍人，那就是說還有一部分人沒來。

見到皇家軍訓團列隊前來，操場上所有目光都唰地一下全看過來了。他們早就聽說基地來了一幫王子公主，但見過他們的人不多。不過這班小傢伙的「事跡」早已傳遍基地，包括怕苦怕累嬌生慣養呀、成了洗廁所專家呀，亂播號聲被關小黑屋呀等等。在一些人的眼中，他們已經成了又沒用，又喜歡闖禍的紈絝子弟了。

軍人的眼神本身就銳利，加上還帶上了一些偏見，六千多雙這樣的眼睛，簡直可以在王子公主們的衣服上刺穿一個個小洞洞了。要放在一般十幾歲的孩子身上，早就嚇壞了。

但也別小看了這些皇家子弟，他們也是見過大世面的，也許個別人心裏有點發怵，但表面上還是精神抖擻、傲視八方的。絕對不能讓這些兵哥哥小瞧了！

於是，他們的腰挺得更直，臉容更加堅定，精神更加飽滿，加上他們基本上都是俊男美女，這點無形中就給他們加了分。

那些鋭利的眼光柔和了一點，彷彿都在釋出一個訊息——還不算太差。但比起我們還差很遠。

公主王子們全是精明世故的啊，怎不知道這些兵哥哥們想些什麼。大家都暗暗攢了把勁，咱們走着瞧。

喬里安把皇家軍訓團帶到會場左側最前面，讓大家坐下。坐好後，又再來了一隊人，就沒再來人了，看樣子是該到的全到了。

過了一會兒，有個掛着中尉軍銜的軍人走到台上，說：「首長有點事，得晚一點來。下面各大隊可以拉拉歌。」

分兩幫相互邀歌的娛樂活動稱之為「拉歌」。拉歌是軍隊的一種娛樂方式，你唱完我來唱，此起彼伏

的吼聲、有板有眼的節奏、聲嘶力竭的嘶喊，每個人的情緒都會被熱烈的氛圍所感染，會情不自禁地融進去。拉歌當然要講輸贏，然而裁判的標準往往不在於你所拉的歌是否「跑調」，唱得是不是好聽，而在於你能不能壓住對方。所以，拉歌實際上是在比誰的聲音更大，更有氣勢。與其說是唱歌，不如說是吼歌更合適。

拉歌不僅要看聲音誰壓過誰，還要講求語言智慧、有新意，讓自己一方處於主導地位。

中尉說：「就以中間通道為界，左邊為一方，右邊為一方，就叫左隊和右隊吧！兩隊各派一名指揮員，右邊就由湯武指揮，左隊就由……」

中尉的聲音被人打斷了，左側最前面的隊伍站起一個人，高舉着一隻手喊道：「我，我當指揮！」

這毛遂自薦的傢伙，竟是都都。

全場目光一下落到都都身上，他可一點不怕。這傢伙是個「人來瘋」，人越多他越興奮。這時他笑嘻嘻地爭取着：「長官，讓我來當指揮員，我最會幹這個了。」

皇家軍訓團的同學都驚訝地看着他，心想，你什麼時候做過拉歌的指揮員了。弄不好丟了我們的臉。

其他的兵哥哥更是側目而視，別充大頭鬼好不好，這拉歌可是我們軍隊獨有的，你一個王子來摻和什麼？

坐在都都後面的小嵐用指頭捅了都都一下，說：「別逞能！」

都都回頭朝小嵐眨了眨眼，嘴裏無聲地說了句：「放心！」

都都鍥而不捨地把手舉得高高的：「長官，我，我，我……」

中尉無奈地點點頭，說：「好，就你吧！」

「耶！」都都歡叫一聲，幾步蹦了出去，就站在左側隊伍前面，大聲說：「左隊的戰友們，我們歡迎右隊的帥哥唱歌好不好？」

「好！」左隊回答的聲音震天動地。

軍隊一切行動聽指揮。左隊的軍人雖然不滿由一個小屁孩來指揮他們，但既然是長官決定了的事，他們便毫不猶豫地支持。當下馬上整齊劃一地回應都都。

皇家軍訓團就更要支持自己同伴了。

這時，右隊的指揮已經站到隊伍前面，見到都都這個不知天高地厚的傢伙竟敢跟自己叫抬槓，不禁暗笑，心想，就讓你知道什麼叫輾壓性打擊。

於是，他亮開嗓子，喊道：「左隊的，唱一個，左隊的，唱一個！」

幾千把嗓子一起跟着他喊：「左隊的，唱一個，左隊的，唱一個！」

都都喊道：「讓我唱，我就唱，我的面子往哪放？」

都都說完手一揮，左隊的軍人就跟着喊：「讓我唱，我就唱，我的面子往哪放？」

右隊指揮又喊道：「叫你唱，你就唱，扭扭捏捏不像樣！」

都都又指揮着左隊喊道：「我就不唱，偏不唱你能把我怎麼樣，怎、麼、樣！」

右隊又喊：「好聽歌兒大家唱，你不唱，我來唱，嘿嘿，我、來、唱！」

右隊指揮正準備帶着右隊唱歌，沒想到都都雙手一揮，說：「太陽天空照，唱！」

於是，左隊的幾千人一起高聲唱：「太陽當空照，小草對我笑，鳥兒説，你早，你早，你為什麼一早起來跳高高？我説愛運動，身體好，跑跑跳跳長得高……」

大家越唱越起勁，越唱越大聲，右隊的人全都愣愣地看着他們。

一首歌唱完，左隊的人全都鼓掌為自己叫好，都都大聲問道：「我們唱得好不好啊？」

「好！」

「我們唱得妙不妙啊？」

「妙！」

「我們要不要也請右隊唱一首？」

「要！」左隊喊聲直衝雲霄。

右隊指揮見到左隊那麼聲勢浩大，也想唱一首以長自己隊的威風，急忙喊道：「好，我們就來一首，滿天彩霞滿天雲彩，我們扛着槍打靶歸來……」

右隊也唱得很不錯，大有壓倒左隊之勢，可是，我們左隊的指揮是誰呀，是不服輸的拉歌小王子都都呀！

「右隊唱得真是好，就是調子有點老，好聽的歌曲多又多，希望你們唱新歌！」

把右隊差點氣死。

都都又指揮唱：「大王叫我來巡山，我把人間轉一轉……」

幾千人一起唱：「大王叫我來巡山，我把人間轉一轉。打起我的鼓，敲起我的鑼，生活充滿節奏感……」

左隊軍人唱得興高采烈的，一邊唱還一邊拍着手，全場氣氛到達一個沸騰的地步。

這時，幾個人走過來了，帶頭的一個文質彬彬的中年人，聽到歌聲不禁哈哈地笑了起來。

歌聲落時，中年人剛走到台上，全場就馬上安靜下來了。這人是基地文藝部部長王垛，當下王垛笑着說：「唱得挺好的嘛！指揮也不錯。」

台下的軍人都哄地笑了起來，都都得意地仰起了臉。

「好吧，那我就給你們一個表現的機會。」王垛又說，「三天後，是我們國家的軍人節，國家軍委有一個慰問團前來看望我們，慰問團由軍委副主席帶領，另外還帶了一個軍人藝術團，給我們準備了一台節目。而我們自己也準備出五個節目……」

台下的人頓時興奮起來。五個節目，一定要拿出我們的實力，不能輸給軍人藝術團。

「經過討論，我們安排如下，四個軍部各出一個節目，第五個節目由皇家軍訓團負責。」王垛宣布說。

「哇！」公主王子們馬上炸了，有我們一個節目啊！

喬里安在旁邊低聲喝道：「安靜！」

散隊後，喬里安找了小嵐和都都兩人開會，商量排節目的事。

都都興奮地說：「不如出一個四人相聲，我跟蕭朗、唐憶、韓思負責。」

喬里安看了他一眼，說：「有點團體精神好不好。我覺得最好是全部同學都參演。」

小嵐點頭說：「我贊成。」

「噢，那好吧！」都都撓撓腦袋，說，「那出什麼節目好呢？要最好的，讓那些兵哥哥大吃一驚。全部三十人全上台，大合唱？沒新意。羣舞？排起來要費很多時間，幾天內要出節目，辦不到。」

喬里安看了看小嵐，說：「我有個主意。」

小嵐和都都立即看向喬里安，不知這個平時酷酷的傢伙會有什麼好主意。

喬里安說：「我曾經去過你們學校辦事，那天剛好你們在開晚會。我看到你們在跳舞，小嵐演一隻孔雀……」

「噢！」都都叫了一聲，接着興奮地跳了起來，「孔雀公主！我怎麼就沒想到呢！對，我們就跳孔雀公主。喬教官這建議太好了！」

去年學校春節晚會，他們的班級排了一場舞蹈《孔雀公主》。故事講述有一隻被遺棄在荒野裏、飢寒交迫的美麗小孔雀。牠原來是一位美麗的公主，被魔法師變成了一隻孔雀。一位王子無意中在荒野裏發現了垂死的孔雀，把牠救活了，還親了牠一下，沒想到這樣就把魔法師破了，讓孔雀變回了美麗的公主。公主和王子，從此幸福地生活在一起。

當時小嵐飾演孔雀公主，都都演王子，而現在訓練團裏不少人在那場舞蹈裏扮演伴舞的小孔雀。兩名主演都在，現在只要把跳過伴舞的人組織起來，去教那些沒跳過的。伴舞動作並不複雜，相信那些少年男女都是聰明人，接受能力強，很快能學會。

三個人商量了一會兒，就把事情決定下來了。都都馬上去通知小伙伴們，立刻行動起來，準備節目。小嵐就馬上寫了一封給老校長的信，讓喬教官派人帶去學校，借演出服裝。

第十章
孔雀公主

慰問團如期到來，演出在下午兩點鐘開始。而在一點時，後台化妝室已經坐滿了待化妝的演員。軍人藝術團有大約二十人，而皇家軍訓團比他們還要龐大，三十個人全擠進來了。

孔雀公主這個舞蹈表演，不化妝不行。

幸好訓練基地其他四個節目都是唱歌，兵哥哥們也不會講究什麼，不用化妝，要不，後台的化妝室肯定擠得水泄不通。

現在的化妝室，軍人藝術團佔了東邊，皇家軍訓團佔了西邊。兩邊的演員年紀都很輕，軍人藝術團看上去都是二十來歲，而皇家軍訓團的就更小了，全都不到十八歲。

大家都是年輕人，未免就喜歡比較了。

軍人藝術團那邊也知道這些是來自各國的一班王子公主，但他們也沒怎麼放在心上，因為他們都是些成功的歌唱家舞蹈家，也是眾人眼中的王子公主，所以他們也沒表示什麼特別的尊敬，更不會覺得比他們低一等。反而有那麼幾個人心裏還有點不屑，不就是會投胎嘛，說不定也是些徒有虛名的紈絝子弟，等會的演出，一定要讓他們比成個渣渣。

而軍訓團的王子公主呢，也有心跟那邊的專業人士比比，別看你們都是些資深藝術家，但我們也不差啊，說不定我們《孔雀公主》一個節目就把你們十個節目都比下去了。

皇家軍訓團這邊特別的熱鬧，四大天王都非常興奮，這裏瞧瞧，那裏轉轉，說這個的妝化得太醜了，又說這個的眉畫得像兩條黑色的蠶卧着，惹來一片笑罵聲。

不知死的都都又去惹雅兒了，說她的妝化得像個巫婆，氣得雅兒追着他打。

「吵死了，真沒教養！」軍人藝術團那邊傳來不友好的罵聲。

雅兒看了那邊一眼，認得是軍人藝術團舞蹈隊的領舞詹娜。

雅兒知道詹娜這句話是衝着她和都都的，那受得

了這氣，便把腰一叉，說：「怎麼沒教養了？這又不是你家，有什麼權利干涉我們？」

「你！」詹娜臉漲得通紅，但又說不出什麼反駁的話。

也是啊，又沒規定化妝室不可以說話的，而且人家也沒有妨礙到你什麼，她的確沒權利去指責人家。

偏偏雅兒是個得理不饒人、沒理也不肯吃虧的人，所以又冷冷地說了一句：「哼，專業了不起嗎？我們小嵐比你跳得還好呢！」

這句話不但惹了詹娜，連整個軍人藝術團也惹了啊！這不就是在貶低他們這些專業藝術工作者嗎？

藝術團那邊，不悅的眼神唰唰唰地看過來。

小嵐想說些什麼，又放棄了。算了，現在戰火已燃起，刀槍已擦亮，只能在舞台上比一番了。

到一點半時，大多數人已經化好妝了，只有小嵐身邊還團着兩名化妝師，正忙着。她的妝比較難化，需要的時間也特別多。

直到差十分就要開演時，小嵐的妝才化好了。等她離開鏡子，站起來轉過身的時候，所有人的眼光都凝在她身上了。

時代感十足的妝容，飄逸的孔雀舞衣，把原本就是美少女一名的小嵐，襯托得更加美麗動人、仙氣十足，所有讚美的詞都是蒼白的，實在太漂亮了。

小伙伴們都驚呆了，連準備跟他們比一番的軍人藝術團成員，都情不自禁投去了驚豔的目光。

雅兒心裏一熱就想撲過去抱小嵐，被小嵐避開了，她可不想讓這傢伙弄亂妝容，又得再化一次。讓她這麼靜靜地坐了大半個小時化妝，她早就受不了啦。

雅兒瞅了瞅小嵐，又扭頭去看了看詹娜，眼裏滿是挑釁，把詹娜氣得哼了一聲，別過頭去。

「要開演了，第一位上台的是基地的大合唱。第二個節目就是藝術團的小組唱了，請你們準備好。」工作人員氣吁吁跑進後台，提醒道。

所有人都看着牆上那個電視機，看節目即時轉播。這時主持人已經上了台，哇，原來是喬里安呢！

只見他穿着一身筆挺的軍官制服，顯得身材更加修長挺拔，化妝室裏響起女孩子一片尖叫：「好帥！」

「各位長官，各位戰友，節日好！感謝國家軍委

派來慰問團，現在請慰問團團長王琅將軍講話。」

王琅將軍長得很高大，臉容很親切，不像有些高官總是很嚴肅的樣子，他在説話中轉達了國家對基地軍人的親切問候，鼓勵他們繼續努力，為保家衛國作出貢獻。

他只説了五分鐘的話，説要把時間留給大家欣賞精彩表演，然後就結束了，大家都給了熱烈的掌聲。

後面基地的司令員也説了話，表示對國家軍委的感謝。他也快人快語的，很快結束了講話。小嵐覺得，軍人就是豪爽，不像一些政府官員，講話一套套的，不説上個把小時絕不罷休。

接着演出就開始了，基地的一羣兵哥哥上台，表演了合唱《我是軍人》，歌唱得不是很有水準，但很高亢嘹亮，把台下氣氛全調動起來了。大家都跟着一起唱，歌聲震天動地，充分體現了軍人的氣魄。

第二個節目是軍人藝術團的小組唱，八男八女，唱得很好聽，博得了大家熱列的掌聲。

節目一個接一個表演着，每個節目都很受基地軍人歡迎，掌聲響起一次又一次，把樹上的小鳥都嚇得飛走了，跑去親戚家避一避。

第六個節目是民族舞蹈，由詹娜領舞，舞蹈以潑水節為主題，跳得很不錯，把熱鬧的節日氣氛表現得淋漓盡致。

跳完回到後台，詹娜瞟了小嵐一眼，那眼神分明在說：你能超過我，做夢吧！

小嵐皺了皺眉頭，心想，我招你惹你了？犯得着這樣嗎？於是，她看也沒看詹娜一眼。

這時，工作人員又跑進來了，說：「下一個節目就是軍訓團的舞蹈，請準備好。」

皇家軍訓團裏都是些傻大膽，一點也不怯場，當主持人報完幕後，一羣人就氣定神閒上台了。

他們一出現，就把觀眾鎮住了，服飾太華美了，跳舞的一幫孩子也太漂亮了，當他們舞動時，模仿孔雀動作的活潑靈動，就更是令人賞心悅目。當一段令人愉悅的羣舞結束，二十八個孩子緩緩退到兩旁時，觀眾看到了一個一動不動伏在舞台上的身影。突然，身影動了，好像在努力掙扎、掙扎，在跟死亡搏鬥，想要重新站起來。終於，一個美麗的苗條的身影慢慢站立起來了，出現在觀眾眼中。生命的光輝重新閃現，她舞動起來，掀起長長的裙襬，旋轉、歡騰、跳

躍，那舞姿快速流暢，優美靈動，讓人覺得是在用生命去舞蹈……

只是，她動作越來越慢，越來越慢，頭顱低垂，好像舞蹈耗盡了她的熱情和生命，她慢慢地又伏到了地上，再也不動了。

羣舞在憂傷的音樂中，圍着孔雀公主，用舞蹈動作表示着他們的哀傷。

這時，都都扮演的王子上台了，一段活潑的舞蹈之後，他發現了垂死的孔雀公主，他走過去，在公主頭上的孔雀羽毛親了一下……

孔雀公主慢慢地動了，她又站了起來。接着，是小嵐跟都都的一場雙人舞，別看都都平日吊兒郎當的，但他認真起來也很厲害的，兩人合作得非常好，搏得全場如雷般的掌聲。

舞蹈完結時，三十個人排好隊，向觀眾鞠躬謝幕，掌聲經久不息，表示着觀眾對他們的肯定和讚許。

回到後台時，雅兒洋洋得意地朝着詹娜哼了一聲，小嵐打了她一下，說：「幼稚鬼！」

這時有兩個軍人藝術團的人走到小嵐面前，恭賀

道：「跳得真不錯。」

小嵐笑着說：「謝謝！你們的節目也很高水準呀！」

這時，軍人藝術團其他人也圍了過來，紛紛出言讚美，還說想跟他們學跳《孔雀公主》這舞蹈。有句話叫「你敬我一尺，我敬你一丈」，皇家軍訓團的學生們也爽快地答應了。

兩隊人開始興高采烈地攀談起來，十分熱鬧，之前的不愉快全忘光了。連那眼睛生到額頭上的詹娜，也慢慢挪了過來，聽小嵐講述他們排這個舞的一些心得。

本來就是一羣純真的孩子嘛！哪有什麼隔夜仇。

第十一章

這是實戰，不是遊戲

晚飯後，慰問團就離開了。離別時，他們都互留了聯絡方式，還說好了等軍訓結束就約吃飯唱K，好像是認識多年的好朋友。連雅兒和詹娜都不打不相識，兩人惺惺相惜成了朋友。

當慰問團的車子走得只剩下一陣煙塵時，都都拉着其他三大天王，鬼鬼祟祟地說着話。

「喂，有沒有聽說，接下來培訓基地的新兵要進行一場軍事實兵演習。」

實兵演習是近似實戰的綜合性訓練，是檢驗軍隊戰鬥力的一種考核方式。

演習中通常分為藍軍、紅軍兩方，雙方各設有司令部。由上級軍事部門派出演習導演組，設定演習情況，而藍軍、紅軍就根據導演組設定的演習課目進行實兵演練。

「哇，軍事演習！好刺激啊！不知道我們訓練團

會不會參加。」

「我想多數不會了。我們又不是正式的軍人，只是來進行培訓的學生。」

「可是我真的很想參加演習啊。我想一定比俱樂部的野戰精彩很多。」

「那是肯定的。俱樂部裏那些只不過算是遊戲罷了，哪比得上部隊正式演習。還有，如果我們贏了，那多威風啊，我們才接受培訓一個月，就贏了他們職業軍人。」

「對對對！把他們打趴下，讓他們看看我們皇家軍訓團的厲害！」

四大天王眼前馬上出現了他們高唱凱歌得勝回來，所有對手全俯伏在他們腳下，高呼「大王萬歲」的場面。

哈哈，簡直太棒了！勝利，彷彿就在他們四個人口袋裏。

「不如我們去找喬教官。求求他，讓他跟上級領導說說。」

「他會幫忙嗎？」

「可以試試看。我發現，其實這小教官也不是那麼可恨的！」

「好，走！」

四個人正想去辦公室找喬里安，卻發現他站在不遠處一棵大榕樹下，正在跟小嵐說話。四大天王走了過去，走近時卻聽到小嵐在說：「……我們來了快一個月了，正需要一場實戰來考驗……」

哈哈哈，四個傢伙大喜。原來無獨有偶，他們跟小嵐想到一塊去了。

四個人趕緊跑過去，七嘴八舌地說：

「小嵐說得對啊，教官，就答應了吧！」

「我們會記住你的好的，記你一千年。」

原本對着小嵐和顏悅色的喬里安，一見到這四大天王就忍不住又毒舌起來：「參加演習？哼，我怕開戰不到十分鐘，你們就全都死光光了吧！你們不嫌丟臉，我還嫌呢！」

「不會的。喬教官，我們一定不會給你丟臉的，放心好了。」

「好吧！我給你們爭取一下，至於成不成，我可不敢保證。」

「耶！喬教官，我們愛你一萬年！」

沒想到事情那麼順利。第二天早上集合時，喬里安站在隊列前，看着一個個站得筆挺、日漸呈現軍人氣象的王子公主們，清了清嗓子，說：「今天，我要宣布一件事……」

說到這裏，他故意停了停。

爭取參加演習的事，在四大天王的宣揚下，皇家軍訓團的學生們基本上都知道了。聽到喬里安這麼說，機靈的他們都興奮起來。

蕭朗朝旁邊的都都擠了擠眼，小聲說：「可能是那件事，應該是成了！」

都都也覺得是。所有人都向喬里安投去了期待的小眼神。

喬里安不負眾望，說：「司令部批准了我們參加演習的要求……」

「嘩……」大家都高興地鼓起掌來。

這注定他們這次軍訓要留下一段光榮又難忘的經歷了，值得大書特書、大吹特吹的經歷，足可以讓他們炫耀一輩子。

掌聲響了很久，喬里安不得不把手往下一壓，做了個停止的手勢。學生們很聽話地馬上安靜下來。

「大家要注意了，演習不是遊戲，一切都按實戰要求。既是實戰，就免不了磕磕碰碰，免不了受點小傷，還有你們可能會被『打死』，也可能成為俘虜。所以，到時候要按規定做，死了就不要撒賴，被俘了就要老老實實待着，手擦破皮了不許哭鼻子……」

「明白！」學生們一起喊道。

都都是個急性子，聽到這裏，大聲問道：「報告！我想知道更多軍隊演習的知識。比如說，演習中怎樣判定是不是被打死了。」

喬里安看了都都一眼，怎麼這樣性急。其實他已經打算用今天一天的時間，給學生們認識一下有關軍隊演習的事。而今天的訓練，也都準備圍繞着明天的演習進行演練。

喬里安作為軍事天才，對這些事情當然是再熟悉不過了，他詳細地給好奇寶寶們詳細講解了方方面面的知識。

首先講怎樣算陣亡吧，軍事演習中士兵的武器基本上都是裝着空包彈的。什麼是空包彈？空包彈是一種沒有彈頭的槍彈，常用來當禮炮或演習訓練。因為空包彈的殺傷力比較弱，可以有效的防止安全事故的發生。

空包彈打在身上，會冒煙並留下顏色，如果是打在要害地方，就算陣亡，演習人員就會被淘汰出局。

「哦，原來是這樣。」

「我記起來了。以前看很多軍事題材電視劇，常常見到演習中的士兵身上突然冒煙，原來就是代表着中槍陣亡。」

「有趣有趣。回去就可以跟父皇母后吹一番了，他們肯定不懂這些。」

學生們一得意就忘了紀律，吱吱喳喳議論着。

「安靜！」喬里安喊道。等大家安靜下來後，喬里安又詳細給他們講解了這次演習的任務。

這次演習分紅軍和藍軍，皇家軍訓團屬於紅軍的其中一支隊伍。皇家軍訓團的對手是藍軍一個同樣人數的新兵排。雙方會發生一場遭遇戰，演習結束時，全部陣亡和被俘虜了的一方，就算輸方。

喬里安又說：「這次演習，你們主要目的是學習，是增長見識，所以盡了力就行，不必太看重輸贏。你們的對手，大都已經接受了三個月以上的訓練，所以比你們強是必然的。你們重在參與，安全為上，保護好自己。聽到沒有？明白沒有？」

「聽到！明白！」

大家嘴裏說着明白，但心裏卻都不以為然。培訓時間比我們長又怎麼樣？我們是什麼人？一幫天才少年呀，對手能跟我們比嗎？喬教官別把我們看扁了。

看着學生們那些驕傲的小眼神，喬里安也知道他們在想什麼，也不戳穿，繼續說：「今天，我會帶着大家，就明天要進行的遭遇戰進行演練。先跟大家說一下，今次演習由馬小嵐同學擔任領隊……」

「報告！」小嵐馬上舉起手。

「什麼事？」喬里安看着小嵐。

「為什麼不是你領隊？」小嵐覺得有點奇怪。

「因為明天的演習，除了由基地司令部派出的演習導演組，以及紅、藍軍演習司令部人員，其他參加演習的不論是領隊還是士兵，都是新兵。」

一天時間很快過去了，解散時，喬里安只說了一句話：「好好休息！」

明天的演習，可是很消耗體力的哦！

第十二章
敵人突然襲擊

好不容易爭取來的參加演習機會，皇家軍訓團全體成員都挺興奮的，演習當天一大早，他們就跟着喬里安，悄無聲息地前往演習的地方。

這時天還沒大亮，天邊剛露出魚肚白，空中還有幾顆星星在閃爍，地面周圍環境迷迷濛濛的，彷彿隔了一層輕紗。

到了一處林木掩影的地方，喬里安停了下來。

看了看三十名身穿迷彩服的學生，小聲說：「大家注意了，前面就是演習區，演習在二十分鐘後開始。從開始那一刻起，你們就是戰場上的一名戰士，沒有人會把你們當中學生，你們好自為之。」

毒舌的他又補了一句：「希望你們不要敗得那麼快，死得那麼慘。」

要不是身在演習區，怕暴露目標，大家都想圍上去揍這小教官一頓了。烏鴉嘴啊，我們有那麼差勁嗎？哼，哼哼哼！

這時喬里安和雷奇已經不見了，他們的身影跟樹木和土地混在一起，沒了蹤影。要是學生們聽到他們兩人邊走邊說的話，肯定氣得頭頂冒煙。

「雷奇，你猜，他們能堅持多久？」

「二十分鐘？」

「多了。」

「哇，喬教官你對他們這麼沒信心。」

「不是我對他們沒信心，是整個基地都對他們沒信心。聽說有人斷言，說五分鐘就輸掉了呢！」

「啊，不會吧！」

「你知道吧，這次能參加演習，不是湯司令員批准的，而是他們的家長批准的。三十位國王認為，這幫孩子一直以來太順利了，他們有着天生的優越感，總以為自己很厲害，很了不起。國王們說，應該給他們一點小教訓，讓他們知道，這山外有山，樓外有樓，知道自己差距在哪裏……」

再說皇家軍訓團這邊，小嵐做了個前進的手勢，三十人靜靜地走進了演習區。

還差十五鐘、十分鐘、五分鐘、三分鐘、一分鐘，演習開始。小嵐隨即用手勢通知了學生們。

大家立刻進入緊張狀態。每人都端着手中的鐳射槍，小心翼翼地前進着，搜索着敵人蹤影。

這時天已經亮了，太陽從東方升起，柔和的陽光照在了山野上。大地仍然一片寂靜，耳邊只有伙伴們緊張的呼吸聲。

突然，毫無預兆地，不遠處火光一閃，小嵐看到身旁的一個同學身上騰起了白色的濃煙。

敵襲！小嵐驀地睜大了眼睛，她喊了一聲：「找掩體！」掩體，就是指能把自己藏起來，不被敵人擊中的地方。

而小嵐自己也馬上卧倒，並迅速爬到一塊大石後面。

學生們看到有同伴中槍，都慌了起來。有些人慌忙中沒找到適合躲避的地方，只能被對方一槍接一槍地擊中。那些動作快了一步找到掩體的人，有部分也無法避免被擊中的命運，子彈好像長了眼睛似的，總能找到他們。

才幾分鐘的時間，幾乎來不及做什麼反應，大部分人已經「陣亡」了。藍軍這支隊伍實在厲害啊，皇家軍訓團才知道什麼叫高手！

小嵐迅速找到掩體後，舉槍看着遠處，緊張地尋找目標，終於讓她找到了一名隱藏在樹後的士兵。在那士兵擊倒了一名學生之後，她迅速開槍，命中了，那士兵身上發出一陣白色的煙。

應是自己一方裏也有人擊中了藍軍士兵，見到他們隊伍裏又冒出幾陣白煙。不過，這已經不能挽救皇家軍訓團的頹勢了。在一開頭被突襲時，自己一方陣亡的人太多了。

這時不遠處響起一片吶喊聲，二十多名藍軍士兵手持搶械往這邊衝來，嘴裏大喊着：「繳槍不殺！」

小嵐見到情況不妙，自己隊伍已經沒剩下多少人了，敵眾我寡，這樣下去這些人也得當俘虜。她喊道：「還活着的，快跑！我掩護你們。」

能跑一個是一個。只要有一個人活着，就不能算全輸。

小嵐利用一棵大樹作掩護，朝對方打槍，學生中有人趕緊逃跑，也有人留下來，像小嵐一樣向對方開槍。

敵方衝過來的士兵當中，有幾名身上冒了煙，其他的都有所顧忌，不敢再明目張膽地跑來，都找了掩蔽地方，向學生這邊打槍。

雙方僵持着，雙方都有陸續人中槍。但因為雙方戰鬥力對比懸殊，藍軍那邊火力猛了很多，明顯地小嵐這邊落下風。

這時，對方見到紅軍處於劣勢，膽子大起來了，一隊人又開始弓着腰往這邊衝。

小嵐見到這樣拼下去，估計拼到最後還是他們吃虧，會首先成為全部陣亡或被俘那一方，輸了這場演習。

只要還有一個人，就有可能翻盤。小嵐決定馬上撤退，「留得青山在，不怕沒柴燒」。

小嵐喊了一聲：「撤退！」然後從腰間抽出一顆煙霧彈，往地上一扔，頓時冒起了滾滾濃煙。

小嵐拔腿就跑，濃煙中憑感覺有兩三個人跟她一起跑着。藍軍士兵被煙阻了一下，弄不清紅軍剩了多少人，往哪個方向跑了，所以慢了一步。等他們看清小嵐幾個學生蹤影時，小嵐他們已跑出很長一段距離了。

聽到藍軍有人在喊：「先看守着這些俘虜，別讓他們跑了。」

「好。你們負責看守俘虜，我們去追那些逃跑了

的。」

「好，一定要把他們全抓住，別跑掉一個。」

「放心吧！哈哈，這些嬌生慣養的公主王子，還想跟我們拼，他們輸定了。」

聽到身後傳來追蹤的腳步聲，小嵐加快了腳步。

漸漸衝出了煙霧，身邊兩個人也看清了模樣，原來是都都和蕭朗。

「咱們往那邊跑！一定不能讓他們抓住。」小嵐朝他們指了指前面密林。只要進了密林，敵方就很難抓到他們了。

「好！」都都和蕭朗應了一聲。

三個人拚命跑拚命跑，終於把後面的敵軍甩掉了。

三個人癱倒在草地上，噓噓喘氣。

突然，十幾步遠的灌木叢中，嘩嘩地響了兩下，三人警覺地跳了起來，用槍指着發出聲音的地方。

都都舉槍就要打去。一個人從灌木叢裏衝了出來：「別打！自己人！」

原來是皇家軍訓團的曲也。小嵐、都都和蕭朗都又驚又喜。

曲也驚喜得眼淚都快流出來了：「你們沒死，太好了！還以為就剩下我們倆呢！」

「你們倆？還有誰？」

灌木叢後面站起一個人，一拐一拐地走了出來，邊走邊哭着。

「雅兒，是你呀！」小嵐大喜，她趕緊走過去，「你的腳怎麼了？」

「嗚嗚嗚，你叫我們跑的時候，我就跑出來了。沒想到扭傷了腳。幸好遇到曲也，他背了我一段路，一直背到這裏。」

「別哭了別哭了，別讓人看我們笑話。」小嵐扶着雅兒，讓她坐下休息。

「曲也，謝謝你幫了雅兒。這種時候你還不忘照顧別人，你真了不起。」小嵐由衷地讚揚曲也。

「沒什麼。互相幫助嘛，應該的。」曲也揮揮手。

第十三章

小嵐的妙計

周圍的野生灌木組成了屏障，把小嵐他們藏身的這塊地方包圍得嚴嚴密密的，即使有人走過，如果不是很仔細地搜索，也不會發現這裏有五個孩子。

他們圍成一圈坐在那裏，聽着不遠處的槍聲，吶喊聲，每個人心裏都在翻江倒海的，很不平靜。

都都一臉的懊惱，他憤憤不平地說：「我不服！對方是專業軍人啊，怎麼可以這樣對待我們呢！一點都不留情面。一見面就『砰砰砰』一陣子彈打來，也不看看我們還是中學生！」

「是呀！我也不服。我逃跑的時候，還聽到他們在後面咋咋呼呼的，在嘲笑我們呢！說什麼一班少爺小姐，嬌生慣養的，跑來戰場幹什麼。還說叫我們趕快回家牽着媽媽的衣角撒嬌賣萌。」曲也生氣地說着。

「唉，這回把臉都丟光了。回去我也不敢跟朋友說演習這事兒了，丟臉！」蕭朗沒精打采的樣子。

「唉！不知道軍訓團除了我們五個，還有誰逃了出來。」雅兒歎了一口氣。

小嵐坐了起來，說：「喂，別那麼快就洩氣好不好，我們不是還有五個人嗎？只要我們沒有陣亡，沒有被俘，就不是徹底輸了這場演習。而且，現在演習還沒有結束，說不定，反敗為勝的機會就在我們手裏呢！」

其他幾個人聽了，心裏都暗自嘀咕，就這幾個殘兵敗將，能做些什麼？

雅兒感到口渴，她從挎包裏拿出一瓶水想喝，沒想到水已經沒了。曲也見了，便從自己背着的挎包裏翻了翻，拿出一支水，遞給雅兒。

「咦，這挎包哪來的？是藍軍的嗎？」都都指了指那挎包上的一顆藍色星星。那是藍軍的標誌。

「是我路上撿的，不知是誰丟的。」曲也說着，把挎包裏的東西往草地上一倒，「看看裏面有什麼東西。」

地上一堆東西——乾糧、地圖、繩子、接收器，

還有一個手榴彈似的東西。

小嵐撿起那個掛耳的接收器：「這是部隊演習時，配給軍官用的耳機，用於接收指揮中心訊息的。如果能用，可以知道一些演習的消息呢！怎麼開啟的？」

「我看看。」都都接過耳機，擺弄了一下，按了一個地方，耳機馬上傳出一陣聲響。

通了通了！大家都很興奮，湊了過來。可以聽到耳機裏傳出的說話聲：「……藍軍請注意，紅軍司令部已經被摧毀，指揮官及所有人員全部被我們俘虜，通訊電台也控制在我們手中，紅軍司令部已經廢了，他們已經無法指揮自己的隊伍……」

「啊！」大家都大吃一驚。

原來他們紅軍的情況已經這樣糟糕。那豈不是說，現在已經不光是他們皇家軍訓團輸的問題，而是他們所在的一方——紅軍也肯定會全盤皆輸。

司令部可是關鍵啊，紅軍部隊沒有司令部指揮作戰，那演習就沒了章法，就會大亂，輸定了。

「怎麼辦？ 」大家面面相覷的，然後又都看着小嵐。

小嵐沒作聲，她從地上那堆東西裏找到一張地圖，那是這次演習的作戰地圖，上面標着各指揮部門，還有各支隊伍的所在位置。

小嵐仔細地看着，想着。

大家都靜靜地等着小嵐開腔，他們都知道，小嵐在想辦法，只要小嵐想到辦法，這事情就有轉彎餘地。

一會兒，小嵐揑了揑拳，說：「既然藍軍打了我們紅軍的司令部，那我們就去打掉他們藍軍的司令部。」

「啊！」大家都感到很震驚，瞠目結舌地看着小嵐。

打掉藍軍的司令部？就靠他們五個人，其中一個還是跛了腳的。

「小嵐，這……這……這我們怎麼能做到？」雅兒詫異地問。

都都倒十分興奮，他知道小嵐不是隨便亂說話的人，他催促說：「小嵐，你打算怎麼做，快說快說！」

小嵐用手指着地圖上一個地方，說：「你們看看這是什麼地方？」

蕭朗看了看說：「是通訊站，是演習的導演組所在的地方。」

演習中導演組是最關鍵的部門，也可稱是演習的總指揮部。導演組設定演習內容和項目，藍軍、紅軍根據導演組設定的內容和項目進行實兵演練。

小嵐說：「通訊站的人絕不會想到會有人打他們主意。所以，我們在他們猝不及防的時候，攻進去，把通訊站控制住。」

「攻打通訊站？」雅兒有點不理解，「我們控制通訊站幹什麼？」

小嵐眼睛亮亮的，說：「按照演習中的常規，導演組有機動部隊，在演習的各個階段，導演組通常會隨機性的設置情況，指令機動部隊騷擾藍軍或紅軍，給他們增加難度。只要我們控制了通訊站，就能給機動部隊下命令，讓他們去攻打藍軍。不是一般地騷擾，而是狠狠打，往死裏打。這時候，不明情況的藍軍一定大亂，我們就趁亂混進去，偽裝機動部襲擊他們司令部……」

「哈哈哈，明白了！小嵐妙計，真是妙計。」都都哈哈大笑，「藍軍司令部知道自己的隊伍被人狠狠地打，已經覺得古怪疑惑了，不知發生什麼事了。乍一見到有機動部隊還去打他們司令部，會更加驚詫莫名，趁他們沒反應過來，我們就衝過去，把他們消滅掉。藍軍司令部完了，藍軍也亂了……」

大家明白過來後，都興奮極了，真想大喊大叫，不過怕暴露目標才忍住了。

其實他們並不知道，導演組是演習的中立指揮方，都是由上級將領坐鎮的。按照演習規則，是絕對禁止參加演習的雙方去踫的禁區，更不可以去攻擊了。

不過，這幫公主王子，在軍隊就只待了那麼短短時間，哪知道這些。

時間不等人，如果再遲些，紅軍各隊伍在缺乏指揮的情況下被藍軍全都幹掉了，那即使他們成功攻下藍軍司令部，最後整場演習的得分很可能還是比藍軍低。

雅兒公主因為腳扭傷了走路不方便，所以留了下來。小嵐和都都、蕭朗、曲也出發了。

為了讓自己不那麼容易讓敵軍發現，他們摘了一些帶葉子的樹枝，做成帽子戴在頭上，還把地上的泥土抹了一些在臉上，小心翼翼地朝通訊站走去。

第十四章

未來的女將軍

通訊站位置十分隱蔽，還蒙上了用樹枝和野草等織成的偽裝網，如果不是有那張演習作戰地圖，小嵐他們想找到還真不容易呢！

到了離通訊站約十米遠的地方，他們一行四人停了下來，借着樹木的掩護，小心地觀察着。

通訊站設在一座用木板搭成的房子裏，房子除了大門以外，還有一左一右兩扇窗。大門是半掩着的，而窗子卻敞開着，看進去裏面大約有六七個人在工作，一名士兵在門外站崗，也許是根本沒想到竟然有人這樣膽大包天，來襲擊通訊站吧，那士兵好像有點百無聊賴的，明顯警惕性不高。

小嵐小聲説：「我們拐到後面去。先解決了站崗的士兵，然後再衝進房子裏。」

其他三個人點點頭，四個人輕手輕腳向通訊站走去。離那士兵幾步遠時，那士兵好像有所察覺，回過

頭來。

千鈞一髮之際，都都和蕭朗衝過去，一個捂住哨兵的嘴，一個抱住哨兵的身體。曲也拿出一隻襪子，迅速塞進了士兵的嘴裏，小嵐扔過去一條繩子，幾個人把哨兵綑了個結結實實。

四個人無聲地做了個勝利手勢，小嵐指了指房子，其他三個人點點頭，先是都都和蕭朗，小嵐和曲也跟着，衝進了通訊站。

四個人各負責一個方向，通訊站裏的人還沒察覺時，四個人四枝槍，已射向裏面的人，轉瞬間，裏面七個人的身上已經全部中槍。

其中一位穿便裝、身材高大的人，在槍響的同時已拔出槍，但沒等他射出子彈，都都就做了個停止的手勢，說：「長官，對不起，您已經中槍了。」

那人只好惱怒地把把槍放下。

房子裏的人普遍還在發愣，看着自己身上表示中槍的顏色，又看看面前那四名臉上灰不溜秋、看不出模樣的持槍士兵，不知道發生了什麼事。

一名掛大校軍銜的中年人一拍桌子，怒氣沖沖地喊道：「你們是哪個軍的？！誰讓你們襲擊通訊站的？你們想幹什麼？」

小嵐朝他敬了個禮，說：「長官，對不起！從現在起，我們要接管通訊站。」

大校怒道：「接管通訊站？誰給你們的膽子，造反了你們！大維，馬上繳了他們的槍！」

一個警衞員模樣的年輕人走出來，他看了看對面並排站着的四個人，也許是見到小嵐身材最瘦小容易控制，便先朝她走去，小嵐把槍一舉，對着年輕人：「站住！你違反演習規定了。你心臟位置中了槍，已經陣亡了，還能來繳我的槍嗎？」

年輕人馬上愣住了，怎麼是個女孩子！再想想她說得也對呀，自己已經陣亡了，按規定不能再做任何事了。

「林大校，算了，她說得對，我們全都中槍了，把這裏交給他們吧！我也想知道他們想幹什麼。」便衣人平靜地說。

便衣人坐的地方有點陰暗，加上戴了一頂鴨舌帽，帽檐壓得低低的，看不清楚他的臉，但小嵐總覺得這人有點熟悉的樣子，好像在哪裏見過。不過有一點可以肯定，這人的職位比那大校還高。

小嵐見便衣軍人發了話，相信其他已經陣亡的人不會再有什麼動作了，便示意三個同學收起了槍。

「都都，你先適應一下電台。」小嵐對都都說。

「好！」都都走到操作台前面坐下。

電訊通道亮着綠燈，表示正在工作狀態。都都看了看，對小嵐說：「不好，信號鎖上了，指示不能發出去。」

「啊！」大家都呆住了。

這負責操控電台的人還挺厲害的，就在他們衝進來那麼一瞬間，竟然就當機立斷把電台加了鎖。

只差一步就大功告成了，沒想到會發生這的事。大家面面相覷，臉色難看。

蕭朗一急，把槍拔了出來，對那些乖乖坐着的通訊站人員喊道：「誰負責電台的，給我站出來。」

他想解鈴還需繫鈴人，讓他們解鎖。

一直冷着臉的大校，幸災樂禍地說：「哼，別作夢了，我們已經陣亡了。」

都都咬咬牙，說：「我試試解鎖。我就不信能被這破機器難倒。」

小嵐點點頭說：「好。我看好你！」

「嗯！」都都坐正了身子，全力解鎖。

大校嘿嘿冷笑着，就憑你們這些小毛孩，能控制這高科技的電台。雖然看不清這些闖入士兵的真面目，但從他們的聲音也可以判斷出十分年輕。

但他還真的看輕這些孩子了。都都自小對高科技產品感興趣，兩歲時就因為好奇手機裏為什麼會有人說話唱歌，硬是用錘子砸用牙齒咬，把母親的手機弄得零零碎碎的，讓父親大人揍了一頓。

不過也從此開始了他喜歡鑽研電子科技之路，見到一些科技產品就手癢想拆開瞧瞧。因而也懂得不少這方面知識。

再說他對着電台，試試這試試那，十幾分鐘後，居然……

只聽「叮」的一聲，電台解鎖了。

「哇，你真棒！」大家都高興得跳了起來。

蕭朗還抱着都都的腦袋親了一口。

「噁心！」都都跳起來揍了蕭朗一拳。

「哈哈哈哈……」四個小伙伴一起笑了起來。

屋子裏其他人都驚訝地看着這幫年輕人，真沒想到竟然被他們解鎖了。到了這時候，他們也不禁有些

服了，還真有些能耐呢！

連那一直黑臉的大校，臉色也緩和了點，乾脆也以看熱鬧的心態，看看這幫孩子接下來想幹什麼了。

這時，小伙伴們也都看向小嵐，小嵐毫不猶豫地開口說出一個個命令。

電台訊號順利地把小嵐的命令一個個發了出去，機動部隊確認是導演組發出的後，雖然發覺跟以往只是進行騷擾、製造麻煩的做法很是不同，但以為是演習新策略，便立刻出動向藍軍防區出發，給予重重打擊……

到了這時候，通訊站裏的人就是傻子，也明白這幫毛孩子想幹些什麼了。借力打力，為紅軍扭轉局勢，妙計，妙不可言！

真是「英雄出少年」啊！真不知道他們這些小腦袋怎會想出這樣的點子。而且還有這樣的膽子去落實到行動上。現在的新兵真令人刮目相看呀！

他們徹底服了。

一直坐着沒吭聲的便衣人，其實就是基地的湯司令員。他剛好有點空，就穿着便衣來到通訊站巡視一下，沒想卻「死」在小嵐他們手中。他這時抬起頭，看了看那個說話乾脆的女孩，他看出這四個人是以這女孩為主的，以他敏銳的頭腦，幾乎就可以肯定，這女孩子就是當今公主——馬小嵐了。

早就知道這公主聰明睿智，但沒想到還有這樣的勇氣和謀略，這麼有大將風度。這可是未來的將才啊！他心裏甚至有些想法，要求國王把公主送去軍隊，培養成未來的軍隊領導人。不過，他知道這是不可能的，以國王陛下對公主的寵愛，怎捨得讓她去軍隊吃苦。

他微微點頭，心裏更加期待，接下來小嵐會如何做，會怎樣把演習按她的設計進行下去，結局是什麼樣子。

小嵐看到目的已經達到，該離開通訊站，進行下一步計劃了。她立正，朝通訊站裏的人敬了軍禮，然後滿含歉意地說道：「各位長官，實在對不起。非常時期非常處理，給各位添麻煩了。希望你們記得自己已經陣亡，不要離開這裏，直到演習結束。」

通訊站的人心裏早已折服了，聽到她如此說，都紛紛點頭。那位大校還說：「去吧去吧，別把天捅破了就行。」

「哈哈哈哈！」通訊站的人都笑了起來。

四個人反而有點不好意思了。畢竟這些人裏面幾乎都是部隊裏的高官，自己幾個小毛孩把人家這樣設計了，真有點……

小嵐拉了拉都都，四個人趕緊離開了。

再說不遠處的藍軍司令部。

自紅軍司令部被搗毀後，司令部裏一片喜氣洋洋，勝利已差不多是揣在自己口袋裏了。紅軍各支隊伍沒有了司令部的指揮，已是軍心渙散，離全面崩潰不遠了。

藍軍的指揮官是一名中校，他第一次擔任演習指揮官，就取得這樣的好成績，所以正得意地哼着歌。

忽然，多個接收器同時發出呼叫：

「總部總部，緊急呼叫，藍軍遭受不明部隊猛烈進攻，已經處於劣勢的紅軍有了喘息機會，又反攻過來了。現在我們是前後受敵，情況危急……」

「總部總部，我軍遭受強烈炮火攻擊，情況不妙……」

「總部總部……」

「怎麼回事？！」中校吼道。

中校也知道演習中會有機動部隊突襲騷擾這回事，但這樣的猛烈攻擊，卻不曾有過啊！

難道導演組要亡我藍軍嗎？不公平，我不服，死也不服！

中校跑出了司令部，看着遠處煙霧瀰漫，炮火連天，氣得差點鼻孔冒煙：「誰出的主意，太欺負人了！」

司令部另他五個人也跑出了屋子，看着遠處目定口呆。有這樣明顯的偏幫嗎？難道導演組是紅軍的親戚嗎？

糟了糟了，如果自己藍軍的陣亡人數大增，那即使已經搗毀了紅軍司令部，最後也可能難分勝負啊！

「導演組導演組，我是藍軍司令部，請回答，請回答！」中校一邊看着遠方，一邊拿着呼叫器大喊。

沒有人回答。

「哈，竟然不理睬了。曾參謀，你帶一個人去找導演組，給我問個明白，為什麼這樣做！」

曾參謀應了一聲，帶着一名警衛員跑了。

留下的人看着遠處的煙火，繼續氣惱，繼續莫名其妙。他們萬萬沒有想到，在身後，危險悄然而至。

「啪啪啪啪！」隨着一陣子彈打在身上的聲響，他們背後都冒出了煙，這是中槍了。

人們頓時懵了，好好地隔山觀戰，怎麼戰火就燒到身邊了。

慌亂地轉身，張望。只見離他們十幾步遠的地方，四個人笑嘻嘻地看着他們。其中一個，還擺了個很囂張的姿勢。

「你們……」好一會兒，中校才伸出顫抖的手，指着那四個人，卻說不出話來。

「紅軍司令部，你們被攻陷了。死的繼續裝死，沒死的投降吧！」擺着囂張姿勢的都都，說了一句很囂張的話。

「氣死我了！」中校的怒吼，霎時衝向天際。

基地大演習的考評結果出人意表，最出色的竟然是不在編制內的軍隊「菜鳥」——皇家軍訓團。

基地司令部裏，那個穿着將軍制服的湯司令員，拿着演習成績表呵呵地笑着，跟坐在他對面的兩名軍人，演習中藍、藍軍兩軍司令部的負責人說：「真沒想到，我也被那幾個小傢伙坑了，被他們陣亡了。」

他摸摸下巴短短的鬍鬚，用可惜的口吻說：「那小女娃，要不是她的公主身分，我一定把她要來培養。那將來我國就能有一名出色的女將軍了。可惜，真可惜。」

第十五章
千年洞穴

離軍訓結束只有幾天了，喬里安也大大鬆了口氣，總算對得起國王陛下的託咐了。喬里安用手指把手裏那份學員考核成績彈了一下，臉上露出了笑容。

還有幾天時間，就不折騰這幫小傢伙了，明天，就帶他們出去好好玩玩。附近有座原明山，山上風景優美，可以帶他們去登山，到處玩玩。

學生們聽到這消息，都高興極了，神經崩緊了差不多一個月，終於可以放鬆一下了！

「謝謝喬教官！喬教官真帥！」

喬里安哭笑不得。

一幫人見到站旁邊的雷奇，又喊道：「謝謝雷教官，雷教官也帥！」

雷教官笑得兩個小酒窩都出來了。

第二天早上，卻發生了一點小變故，四名準備陪學生出去玩的人中，喬里安和雷奇接到通知上午有個

緊急會議。喬里安不放心學生們，便打算取消這次外出活動。

學生們馬上炸了，要知道自從昨天聽到外出消息後，他們多開心啊，有好多同學還激動得一晚上都沒睡呢！就好像回復到小學時春季旅行前夕一樣。

現在聽到取消，他們哪肯罷休啊！

「不好嘛，不要，不要！」

「我們盼星星盼月亮，才盼來一次遊玩，教官好殘忍。」

早知道這班傢伙不肯罷休了。喬里安和雷奇交換了一下意見，便只好讓另外兩名軍人，陪學生們先行。他們開完會，就馬上趕去跟他們會合。

「要注意安全。」喬里安再次強調。

「教官放心，我們會乖的。」

「對，我們會聽兩位哥哥話的。」

「教官早點來找我們一起玩啊！」

大家七嘴八舌地說着讓喬里安放心的話。

於是，一班人吃完早餐，喜滋滋地出發了，這天是七月二十三日，一個普通的夏日。

只是一天的遠足旅行，所以也不用帶很多東西，

每個人背個背囊，放了些麪包、餅乾、巧克力等，還有喝的礦泉水，然後出發了。

早上還出過太陽，但他們出發後，又陰下來了，不過這對女孩們是好事，她們最怕的就是曬黑了皮膚。儘管她們這段日子也很難避免地成了小黑妹，但少曬一點總比多曬一點好啊。

一行三十人，在兩名上士軍人帶領下，走在原明山的山路上。其實之前進行野外訓練時，他們也曾經來過，不過那次是訓練，不僅要背着沉重的背包，還要限時限刻到達目的地，那有心情去看風景。今日悠悠閒地走着，看着，果然名不虛傳，風景這邊獨好啊！

大家都記着喬教官的吩咐，跟着隊伍，注意安全，真是乖得不得了。也真沒想到，半小時之後，出事了！

不過，出事的不是喬里安擔心着的學員，而是那兩名軍人中的大個子上士。

上山不到半小時，大個子上士就開始變得臉色蒼白，一隻手還時不時捂着肚子，好像很不舒服。走在他身邊的幾個學員覺得不對勁了，紛紛問道：「哥哥，你不舒服？」

大個子搖搖頭，但這時他已經走不動了，一屁股站了下來，一手捂着腹部，臉上汗如雨下。

隊伍停了下來，學生們都焦慮地看着大個子，而負責在前面領隊的另一名叫強子的軍人，也折返跑了回來。

小嵐也是走在前面的，她也跟在強子後面跑來了。

小嵐走到大個子面前，蹲了下去，關切地問道：「哥哥，你覺得哪不舒服？」

大個子指指右下腹部，一臉的痛苦：「這裏痛。還噁心，想吐……」

小嵐心想：像是急性闌尾炎啊！

她伸手，往大個子的右下腹部位按了一下，大個子喊了起來：「好痛！」

壓痛是闌尾炎最突出的病徵，小嵐幾乎可以斷定，大個子是得了這病了。

「不能拖了，得趕快送醫院！」小嵐對強子說。

「好，我現在就打電話，讓護救車來接。」強子拿出手機，打了一個電話。

強子打完電話，說：「車子不能上山，我要把他背到山腳下。在山下等車來。」

他又一臉愧疚地看着學生們，說：「真對不起，那你們……」

小嵐說：「不要緊，你趕快走吧！我們可以照顧好自己的。」

強子看了看眼前這班學員，心想自己像他們那樣大的時候，已經一個人走南闖北，什麼地方都敢去了。這山不陡，又沒有什麼危險的懸崖峭壁，沒有傷人的野獸，讓他們自己上原明山，應該沒問題吧？何況同伴的病耽擱不得。所以就點了點頭。

強子背着大個子上士下山了，學生們又再起行，往山上走去。走到半路時，都都突然指了指旁邊一條小路說：「咦，那不是去千年洞穴的路嗎？」

軍訓期間的一次野外負重訓練，他們曾在喬里安帶領下進過一次這千年洞穴，這洞穴正如它的名字一樣，已有一千多年歷史，裏面的通道迂迴曲折，許多岩石千奇百怪，給了他們一種探險的神秘感。因為時間關係，他們進洞裏走了不多遠便折返了，但許多人，特別是男孩子們都心裏念掛着想再去一趟，想有更多新發現。

「啊，對，就是這條路！」蕭朗也認出來了。

「想不想去看看」都都有點躍躍欲試。

「嗯嗯嗯！」多數人都表示贊同。

「好，那就少數服從多數！」

於是，一行三十人就離開了大路，轉向一條小路往洞穴去了。

這些孩子都不知道，他們這一拐，卻讓自己走上了一條危險之路。

第十六章
失去聯絡

在小路上走了不遠，就到了洞穴外，三十個人一個跟一個，走了進去。馬上感到涼嗖嗖的，令人精神一振。只見洞內岩石嶙峋，形狀千奇百怪，洞中時寬時窄，寬的地方可以容納幾十甚至上百人，窄的地方一人通過也得側着身子彎着腰。

大家都很興奮，都都一邊走一邊興致勃勃地說：「這個洞穴已有千年歷史，說不定我們能發現一些古跡呢！」

「哇，那我們就會在史冊上留下一頁了！」雅兒也是個喜歡冒險的傢伙，她還給大家講起了故事，「你們知道嗎？ 一八七九年，西班牙考古學者桑圖拉帶着小女兒去到阿爾塔米拉山洞，尋找古代遺物。阿爾塔米拉山洞已有一萬多年歷史。進了山洞，桑圖拉在專注地工作着，女兒瑪麗閒得無聊，便跑來跑去，東張西望的在洞裏找新奇的東西。突然，瑪麗發

現了很有趣的事——洞頂和壁面上，不知是什麼人畫了很多畫。瑪麗馬上叫父親看。桑圖拉過來一看，馬上驚呆了，只見洞壁上畫滿了紅色、黑色、黃色和深紅色的野牛、野馬、野鹿等動物，千姿百態，栩栩如生。其中最令人驚歎的，是畫在洞頂上的長達十五米的動物圖，畫中共有二十多隻動物，形態全都真實生動，還利用了洞壁的凹凸不平創造出立體效果。這是一萬多年前的古人畫的啊！桑圖拉激動得跳了起來。桑圖拉把發現洞穴畫的消息公布後，許多人爭相來欣賞、研究。但很多人都表示懷疑，這高超的繪畫技巧，真的出自一萬多年前的原始人之手嗎？有些人甚至懷疑是桑圖拉為了出名而找人偽造的。直到二十多年之後，鑑證科學發展了，才被證實這是真的。但可惜那時桑圖拉已經去世了，沒有看到這一天……」

「如果我們也能在這個洞穴裏發現壁畫就好了，那我們這軍訓就更有意義了。那時新聞就會這樣報道，本報訊，我國著名學院，宇宙菁英學校派往戰狼基地培訓的皇家軍訓團，日前在原明山洞穴發現了一千多年前的壁畫，壁畫展現了古時候人類的生活習俗，極具研究價值……」

「對，我們一定不會像桑圖拉那樣被冤枉的。」

「那我們這三十個人豈不是要被寫入史冊！我們好厲害啊！」

小嵐聽了都覺得好笑，這班傢伙想得美。

一班人走走停停，這裏看看，那裏瞧瞧，不知不覺越走越深入……

他們不知道，外面已經下起暴雨來了，還是幾十年不遇的一場大暴雨。

再說喬里安在基地總部開會，原以為很快散會，沒想到開了一個多小時仍未完結。這時坐在主席位上的參謀長正在作報告，忽然被「砰」的一聲巨響打斷，原來外面突然颳起大風，把敞開的窗子颳得關上了。幾名勤務兵趕緊跑去把所有窗子關了起來。

喬里安心裏有點隱隱不安，正在山上遊玩的那些學員，不會有事吧？

會議在繼續。雖然關上了窗子，但外面呼呼的風聲還是傳進了室內，似乎風力頗勁，過了一會兒還下起大雨來了。

參謀長的說話被打斷了幾次，他聽了聽外面的動靜，說了句：「真是天有不測風雲，氣象台好沒有預

報今天會颱風下雨呢。」

喬里安坐不住了，他悄悄地起身，走出了會議室，掏出電話打給小嵐。幸好他昨天晚上把學生們的手提電話全都發還了，還特別叮囑他們要把電話充滿電，今天去玩時帶上。

沒想到撥出電話後，馬上聽到電子聲回應：「電話暫時無人接聽，請稍後再撥。」

喬里安皺了皺眉頭，又撥了都都的電話，沒想到，還是「電話暫時無人接聽，請稍後再撥。」再撥了雅兒的電話，結果也是一樣。

這種情況，一般是電話沒電，或者對方所處地段沒有網絡訊號。

喬里安心裏的不安加深了。相信不會三個人的電話都沒電的。而原明山他去過很多次，那裏是有訊號可以接收電話的。那難道他們去了一處電話網絡覆蓋不到的地方？

他正想去找雷奇，雷奇早上問了那兩名上士的電話號碼，可以打他們電話試試。恰好雷奇這時也從會議室出來了，雷奇心裏也在擔心着皇家軍訓團那班孩子。

喬里安一見他便說：「我打了小嵐他們幾個人的電話，都沒有接聽，你試試打給那兩名上士。」

「啊！」雷奇嚇了一跳，趕緊拿出手機。

「喂！」聽到從手機那頭傳來的聲音，兩人馬上鬆了口氣。

「強子嗎？我是雷奇。你現在哪裏？」雷奇一邊把免提打開，一邊問道。

「雷長官你好！我在醫院。我剛想打電話給你呢！」

「啊！」喬里安和雷奇都嚇了一大跳。

在醫院？發生什麼事了，有學生受傷？

「誰受傷了？」喬里安焦急地問道。

「是這樣的。陳大壯中途忽然腹痛厲害，情況很不好，我把他送來醫院了……」

「哎呀，他現在怎樣了。」

「剛做了一系列檢查，初步診斷是急性闌尾炎。現在等醫生安排牀位，準備手術。」

「這樣啊，強子，你替我們問候大壯，願他早康復。」

「好的好的，我一定轉告。」

「強子，那些學生現在在哪裏？現在外面下暴雨呢！」

「啊，下暴雨？天哪！孩子在山上呢！什麼時候開始下雨的？我在急症室，看不到外面天氣。」

「下了一會兒了。你照顧大壯吧，有需要協助的打話給我。」雷奇關了電話。

喬里安果斷地說：「雷奇，得去找他們。」

他抬頭看了看外面越下越大的雨，說：「你馬上去籌集雨具，十分鐘後我們在樓下大堂集中，我和你去原明山。」

「是！」雷奇朝喬里安敬了個禮，轉身跑走了。

喬里安回到會議室，跟坐旁邊的吳參謀請了假，然後就下樓去了。雷奇很快帶着兩個背囊來了，背囊裏塞滿了軍用雨衣，兩人直奔原明山。

雨嘩啦啦地下着，有越下越大的趨勢。喬里安自我安慰着，就當是給皇家軍訓團的一次訓練吧！作為一名合格的軍人，就要經風雨，見世面，淋淋雨算不了什麼的。

兩人沿着上山的路徑，一路尋找，由於下着大雨，路滑難行，但他們還是快步如飛，希望早點見到

學生們。

可是，走啊走啊，一直走到原明山頂，仍然沒見到人影。也許是因為下雨，他們找了個地方躲起來了，他們又分頭去找。

兩個多小時過去了，但是，三十名學生仍蹤影全無。

喬里安又掏出電話，第三十多次致電小嵐，但是，仍然是那句「電話暫時無人接聽，請稍後再撥。」

這些孩子究竟在哪裏呢？

喬里安和雷奇心情沉重。這該死的天氣，為什麼雨說下就下，完全沒有個預警。

喬里安撥了個電話給湯司令員，向他滙報了這件事。

正在召開軍事會議的司令員大吃一驚，他馬上宣布暫時休會，然後叫來特別行動團戴團長，說：「你馬上帶領全團士兵上山，分成四支隊伍，分頭尋找皇家軍訓團的三十個學生。」

「是！」戴營長朝司令員敬了個禮，然後轉身，小跑着離開了。

司令員接又撥了個電話：「喂，國王辦公室嗎？我是基地湯司令員，有緊急情況要向國王陛下滙報……」

第十七章
孩子，你在哪裏？

司令員坐在辦公室裏，一直沒有離開，他在等着各方面的消息。一個小時過去了，兩個小時過去了……

行動團第一隊人發回消息：「報告，第一行動營往東面搜索，沒有發現失蹤學生。」

行動團第二隊發回消息：「報告，第二行動營往南面搜索，沒有發現失蹤學生。」

行動團第三隊發回消息：「報告，第三行動營往西面搜索，沒有發現失蹤學生。」

行動團第四隊發回消息：「報告，第四行動營往北面搜索，沒有發現失蹤學生。」

一直在山上尋人的喬里安和雷奇也不時發來消息：「報告，還沒找到失蹤學生。」

「繼續找，擴大搜尋範圍！沒找到人，你們也別回來了！」司令員煩躁地喊道。

又一個小時過去了，又兩個小時過去了……時間離喬里安跟皇家軍訓團失聯已過去了八個小時，時間已是晚上七點。

這時聽到外面一陣騷動，有警衛員跑進來報告：「司令員，國王陛下駕到。」

警衛員話音剛落，就見到萬卡國王在一羣侍衛的保護下，大踏步走了進來。

「有消息嗎？」萬卡國王臉上帶着無法掩藏的疲倦與擔憂，他聲音嘶啞地問道。

接到軍訓團三十名學生全部失蹤的消息時，萬卡正在跟一個外國代表團就雙邊關係進行會談，會議很重要，他即使心內怎樣着急，也無法扔下國家大事前來基地。會議一結束，他就匆忙趕來了。

司令員朝國王敬了個軍禮，説道：「國王陛下，對不起，還沒有消息。」

一向指揮若定，天塌下來也不會皺眉的司令員，此時心裏忐忑着。

三十名公主王子失蹤，這是震驚世界的重大事件啊！現在事情暫時還沒有傳出去，但如果一直找不到人的話，就要通知他們的家人了。他們的家人可不是普通人啊，全都是國王，可想而知到時烏莎努爾的壓力有多大，說不定連一向以來的友好關係都沒了。

「國王陛下，很抱歉。是我們沒保護好三十個孩子，有負您的重託。」人是在軍訓期間失蹤的，的確，基地領導人難逃責任。

「如果到最後……」司令員不想說出那個最壞的結果，遲疑了一下，說，「到時我會引咎辭職，讓您向其他國家有個交待。」

萬卡國王定睛看了看司令員，為他沒有把責任推給下屬、敢於承擔的行為感到佩服。不過，這位頭髮花白的老將軍，在去幾十年裏曾經出生入死，為烏莎努爾立下了不朽的功勛，怎可以讓他這樣黯然離去。

「現在不是追究責任的時候，希望很有好消息。」萬卡歎了口氣說。

「鈴——」就像回答萬卡的話似的，司令員桌上的電話響起來了。

司令員幾步跑過去抓起電話：「喂！」

電話那頭傳來喬里安急促的聲音：「司令員，我們在社交媒體上發現了一名軍訓團學生發的照片和訊息，他進了千年洞穴……」

千年洞穴？這既是好消息，因為畢竟尋到了學生們的去向，不再漫無目的地找尋；但又是壞消息，因為司令員知道山洞的狀況。平常日子，進出洞穴都不會有什麼危險，但是，在今天的暴雨之下，問題就大了，因為洞穴裏多數地段比外面低，以今天降雨量之大，水灌進洞裏，肯定把洞裏的低窪地帶全淹了，這樣洞裏的人就無路可走……

喬里安的聲音很大，萬卡也聽見了，他問道：「怎麼回事？他們進了千年山洞？」

他臉色一變，砰地站了起來，喃喃自語：「洞裏地勢高低不平，也不知道他們當時在高處還是低處？」

他用手扶額，說道：「天哪！」

萬卡的心跳突然加速，他心裏有把聲音在高喊，小嵐，小嵐，你還好嗎？你別嚇我！

他猛地抬頭，喊道：「本國王令！馬上成立救援指揮部，通知國務院總理、外交大臣、國防大臣、陸軍總司令、海軍總司令，立刻放下全部工作，到原明山報到。」

這注定是一個不眠之夜，千年洞穴前，搭起了一

個大帳篷，指揮部成員，正在聽取救援專家意見。一名專家在說話：「國王陛下，各位長官，山洞裏的情況十分惡劣，洞穴的長度在十公里左右，水流急，充滿泥沙，即使是專業的潛水員進去也很困難，還會有生命危險；洞內地形複雜，有高坡，還有深坑。高坡要靠專業攀登設備才能爬上去，而有些深坑，需要最少潛水三十分鐘才能通過；有些通道非常狹窄，救生設備根本通不過……」

萬卡國王薄唇抿得緊緊的，堅毅的臉上露出無以倫比的決心，他說：「不管怎麼困難，都要迎難而上，無論如何也要救出三十名學生。」

當東方露出魚肚白時，救援工作已經有條不紊地開始了。抽水機架起來了，不斷地抽吸着山洞裏的水以降低水位；國內八十名優秀潛水員前來集結，他們分批潛入山洞，開始了尋人之路。他們明知此行十分危險，可能進了洞就再也出不來，但他們義無反顧。

喬里安也加入了救援隊伍，雖然他的潛水技術並沒有其他人好，但他仍不顧別人阻撓，堅持去搜尋自己的學生。

特種部隊同時也在山腰的叢林中，試圖尋找千年洞穴新的入口。

一切為了三十名學生的生命。

隨着時間一小時一小時地過去，不斷有潛水員從山洞裏出來，每一個人都臉色蒼白，精疲力竭，接近昏迷，但下一名潛水員仍然毫不猶豫地跳進洞裏，在那令人窒息的洪水中，繼續尋找着孩子們的蹤影。

皇家軍訓團失蹤的消息已經傳了出去。三十個孩子的命運牽動着無數人的心。學生們的父母來了，山洞前的帳篷成了聯合國，不同口音、不同語言，都在表達着對兒女的擔心和焦慮。幸好他們都通情達理，不會在這時刻追究誰的責任，而是一起使勁，一切為了三十個孩子的脫險。

不時有家長跑到山洞前，雙手合十，嘴裏喃喃禱告，希望孩子們逃過一難。

萬卡國王也是家長，洞裏，他摯愛的小嵐生死未卜啊！一天一夜未曾合眼，調動部隊，安慰各國國王，他早已心力交瘁。但他仍支撐着，找到小嵐，救出小嵐，救出三十名學生，這信念在支持着他。

不時有直升機載着各國的潛水專家前來助力，救援隊伍在不斷壯大。許多志願者來助力，為傷心欲絕的家長們送去安慰，為疲憊的救援水員送來免費的食物和水。

全烏莎努爾，全世界，許多未能親自到場的人，都紛紛用自己的方式，為孩子們表達祝願，為救援隊員喊加油。

時間在一天天過去，救援人員日以繼夜地工作着，有人實在無法堅持被送去醫院，但又有新的人加入。但可惜的是，始終沒能找到孩子們的蹤影。

這麼多天，孩子們有吃的嗎？水有沒有把他們所處的位置淹沒了？他們有沒有生病，有沒有害怕，有沒有學會堅強……

一些父母全然不顧自己國王王后的身分，在山洞前哀哀痛哭，呼叫「孩子，你在哪裏？」

第十八章

萬卡哥哥，你知道我在等你嗎？

究竟小嵐他們現在在哪裏，他們是否還安好？相信這是很多讀者關心的問題。

讓我們把時間倒回七月二十三日那一天。

三十名小探險家興致勃勃地往山洞深處走去，欣賞着洞內那些奇奇怪怪的岩石，搜尋着那極有可能不存在的史前壁畫。他們不知道，一場突如其來的暴風雨已經襲擊了烏莎努爾首都，不知道外面有許多人擔心他們的安全。

三十個人魚貫而行，不知不覺越走越深入。山洞的地形很奇特，一會兒上坡，一會兒下坡的，有個往下的坡深至十多米，都都還開玩笑説，自己走進地心了。

這時，他們正走在一段上坡路，走完上坡路，前面是一個兩米多點的高坡。

雅兒評估了一下高度，說：「我看咱們回去吧，得上了這高坡才能繼續前進呢。但這坡很難爬啊！很多人都上不去。」

都都看了一眼，說：「之前軍訓學了攀爬，現在正好用上，瞧我的！」

都都抓着幾個突出的點，蹭蹭蹭就上去了。他站好，對着下面的人得意地說：「瞧瞧，我的身手是不是很厲害？」

蕭朗「嗤」了一聲。說：「我也能啊！」

他也想像都都那樣一下子就爬上去，沒想到卻掉下來兩次，但最後是上去了。只是姿勢有點狼狽。

一班男生也不甘示弱，一個接一個的也上去了五六個。但大多數女同學就站在坡下，一副「我就不上去」的模樣。

這時，聽到都都的聲音：「喂喂喂，你們快來看看，這些是不是史前壁畫？」

「啊，真的有？不會那麼幸運吧！」

「哪裏哪裏？」

「噢，真是壁畫啊，我們發現現史前壁畫了！」

很多女生本來不想爬那坡的，但聽到發現史前壁畫，都很想看，十幾名女生就你幫我、我幫你的，還有男生在坡上又是拉又是抓的，結果全都上去了。

「史前畫在哪裏？」女生們向都都他們跑去。

「哈哈哈，真上當了！」那幫小子全都哈哈大笑起來。

原來根本沒有什麼史前畫，是都都那傢伙伙同男生們，故意哄女生上來的。

「該死！」以雅兒為首的幾個女生，跑過去把都都好一頓揍，直到都都求饒為止。

高坡上很涼快，大家也都趁機坐下來休息一下，然後就折返洞口了。不能在這裏耽擱太久，不然喬教官他們上山來，會找不到他們的。

大家坐了下來，吱吱喳喳的，有的拿水喝，有的拿出東西吃。正在這時候，小嵐好像聽到了什麼聲音，她說：「你們聽聽，怎麼好像有水流聲。」

大家安靜下來，細心聽着。咦，真的哦，好像是水緩緩流動的聲音。但山洞裏怎麼會有水流進來？大家都愣了，不會是幻覺吧？

洞裏是沒有光線的，他們剛才是一路利用手機裏的電筒，才看清洞裏的狀況。

這時，五六個人一齊把電筒射向來時的路，那往上斜的坡路上，竟然看到了地上有什麼閃爍着，水，真是水！

大家驚呆了，洞裏怎麼會有水，他們剛才走進來的候，地上分明是乾的呀！

可怕的是，那水在一點點地上漲着，漫延着，如果一直這樣的話，那豈不是……

雅兒首先驚叫起來：「那水會不會慢慢越漲越高，淹上我們站的這高坡，然後把整個洞全淹沒？那我們豈不是沒處可逃？」

「啊，好可怕！我們趕快走吧！」

「快走出山洞！」

大家紛紛收拾東西，準備離開。

都都皺着眉頭說：「我們暫時不能離開這裏。」

「為什麼？」

還不趁着水還漲得不那麼高、人還能淌着水走出山洞的時候離開，還等到什麼時候？

大家都看向都都，等他解釋。

都都說：「你們想想，我們來的時候，是上坡多還是下坡多？我們現在站着的地方，是算高還是低？」

小嵐一下子明白過來了。旁邊的雅兒仍不明白，她說：「我記得是下坡多，記得有個坡一直下到十幾米深呢！至於我們現在這個地方，應該算是一路走來的最高點了……啊！」

雅兒突然用手捂住自己嘴巴，驚恐地睜大了眼睛。

所有人都醒悟過來了。如果他們現在身處的地方是山洞的高處，那豈不是說，水已經把他們來時的路都淹沒了。

都都沉重地說：「那就是說我們如果現在出去，就得用潛泳的方式。你們會潛水嗎？」

這時，所有人都明白了自己的處境。

「我不會潛水，我連游泳都不會！」

「我也不會！」

「糟了，我也不會啊！」

結果三十人裏面，就有二十多人不會游泳。而會潛水的人就只有蕭朗和曲也。

小嵐是會游泳的，但不會潛泳。但即使會也沒用啊，因為他們並沒有潛水工具。

明白了自己的處境後，所有人都嚇壞了，畢竟他們還都是十七八歲的、一生出來就養尊處優的王子公主啊！

「希望水很快退了吧！」一個女生帶着哭腔說。

「我們打電話給喬教官，讓他來救我們。」

「這山洞裏哪有訊號。」

「是呀是呀，我剛才看過了，一點訊號也沒有。」

「唉，喬教官他們不知道我們進了山洞，他們想找我們也找不到。」

大家都意識到，他們這山洞之行是一個多麼錯誤的決定。

「都怪我！」都都使勁拍了自己腦袋一下。

自己幹嘛要提醒大家那條小路是來千年洞穴的，幹嘛要提議進洞穴！

小嵐說：「算了，反正我們當時也沒反對。要說責任的話，我們都有責任。」

「是呀，都都你也別責怪自己。」

「嗯。我們都有責任。」

大家一點兒也沒怪都都，這反而讓他更內疚了。

他總想做點什麼彌補一下。

都都站到山坡的最外面，細心觀察着在慢慢上漲的水，察看上漲速度。小嵐走到他身邊，說：「我估計，外面一定在下大雨，所以才會有這麼多水灌進來。只要雨停了，水位不再上漲，我們就安全了。」

「是的。希望雨快停下來。不然……」都都歎了一口氣，全沒了平日的嘻皮笑臉。

「我想這個時候喬教官一定在找我們了，或者他能發現蛛絲馬跡，知道我們被困在這裏。」小嵐小聲說。

「會的。喬教官這麼厲害，他一定會來救我們的。」都都捏了捏拳頭。

「嗯。」小嵐點點頭，她很相信這點。

不過，最好的還是雨自己停了，洞裏的水慢慢退去，他們平安離開。

可是，事情偏偏就不從人願，湧進來的水不但沒有減少，而且以肉眼可見的速度，越浸越高了。

三十雙眼睛，眼睜睜看着水漲到了高坡下，又繼續往上漲，按這樣的速度，很快水就會漫上高坡，他們就無路可走了。

「嗚嗚嗚，我怕……」一個女生哭了。

哭是會傳染的，一下子好多個女生都哭了起來。沒哭的人，也都臉色慘白，驚惶失措。

小嵐心裏也害怕，雖然她常說「天下事難不倒馬小嵐」，但面對這大自然的威力，她也無計可施，她的能力還沒到能令老天爺停止下雨的地步。

一幫可憐的孩子，全都戰戰兢兢地盯着那上漲的水，心裏暗暗祈禱着，水啊水，快停下來吧，別再往上漲了。我們以後會乖的，會很聽很聽老師和家長的話，還有聽喬教官的話，別嚇唬我們好不好！嗚嗚嗚……

不知道是否老天爺真的聽到了大家的心聲，過了一會兒，水真的停止了上漲，停留在離高坡還剩大約一米的高度。

「我、我沒有眼花吧？水，好像不往上漲了。」站在最靠邊觀察水位的都都，用有點發抖的聲音說。

「嗯，我也發現了。」小嵐按捺着內心的激動說。

「真的嗎？」雅兒放開了跟她抱成一團的北北，站了起來。

「我證明，是真的。」蕭朗也舉起手。

「啊，真的，水不再漲了，太好了，太好了！」

「耶！」

高坡上成了歡樂的海洋，大家互相抱着，又喊又跳，慶幸着能死裏逃生。

但狂歡過後，大家又在開始新的擔心。因為不知道雨會不會再下，不知道喬教官什麼時候才能確定他們進了這山洞，不知道他們還要在這山洞裏待多久。這任何一種情況，都跟他們的安全息息相關。

大家又開始陷入不安。

小嵐緊記萬卡哥哥的囑託，她作為烏莎努爾的公主，她要以主人的身分保護這些外國學生，保障他們安全離開。她知道越是這種時候，越要鎮定。否則，情況未到最壞時，這幫人就先垮了。

在一片沉默中，小嵐站了起來，說：「同學們……」

大家聽到小嵐說話，都看了過去。大家都聽過很多這位公主的傳聞，又目睹她在軍事演習中以智慧反敗為勝事實，都知道她的能耐，所以在這困難時刻，都不自覺地把她當成了主心骨。

蕭朗說：「小嵐同學，我們聽你的。你說我們該怎麼辦？」

「是呀！是呀！小嵐同學你一定有辦法的，對不？」

一片充滿期待的聲音。

小嵐說：「謝謝大家信任。在這困難時刻，我們一定要堅強，要有信心，相信外面會有很多人在關心我們，他們一定能想到辦法來救我們的。」

小嵐停了停，繼續說：「但要把我們救出去，也有可能不是一天兩天能辦到的事，畢竟我們走進了這深深的山洞，而山洞的路現在全被水淹了，山洞複雜的地形被水淹沒後，一定異常難走，這對外面的人潛水進來難度肯定很大。所以，我們要保存體力，讓自己的身體能堅持到有人來救我們的時候。」

小嵐看着小伙伴們信賴的眼神，覺得混亂的頭腦也變清晰了，她說：「這山洞裏清涼，大家要注意保暖，別讓自己病了。而最重要的是食物和水的問題，待會大家都把自己帶的食物和水拿出來，平均分配，盡量能堅持到獲救的那天……」

「好，我有兩個夾肉麵包，小半瓶水。」

「我有一小袋朱古力糖。」

「嗚嗚，我什麼也沒有。剛才走路的時候覺得肚子餓，都吃光了。」

「……」

大家都把自己挎包裏吃的和喝的拿了出來，放在小嵐鋪在地上的即棄桌布上。

小嵐把管理食物的任務交給了雅兒和一名男同學。雅兒把東西點算了一下，說：「如果省着吃的話，我覺得可以維持三天。」

小嵐想了想，說：「每天再吃少一點，把東西分作五天食用。」

「啊！」雅兒為難了。

本來分三天吃，每天每人也只能分到很少很少，要是分五天，那就……

但小嵐還是堅持要她這樣做。不過，後來的事實證明，小嵐是對的。

因為，他們在進入山洞的第五天，也就是把食物和水都耗盡的時候，水雖然沒再上漲，但來救他們的人還沒有出現。

晚上，大家都在飢餓和不安中入睡了，小嵐躺在

地上，眼睛看着凹凸不平的山洞頂，心裏在想着萬卡哥哥。她相信，此時此刻，萬卡哥哥一定是守在山洞口，一邊指揮着各路救援隊伍，一邊在苦苦地等候着他們的消息。

萬卡哥哥，你知道我在等你嗎？希望你別太擔心，別太累，我可不想見面那一天，你卻精疲力盡倒下了。

第二天，也就是他們在洞裏的第六天，小嵐醒來了，她要操心的是吃和喝的問題，人不吃食物，還可以熬上一段日子，但如果不補充水分，三四天就可能因身體脱水而死。

雖然高坡下面都是水，但那水是不能喝的，因為又是泥土又是垃圾的，肯定布滿細菌，喝了肯定死得更快。

這時候，一滴水「嗒」的一聲落到地上，那是從洞中的鐘乳石滴下來的。小嵐眼睛一亮，對，這滴下來的水是乾淨的，我們可以接這些水喝呀！

「快起來、快起來！」小嵐用激動地聲音喊道。

同學們紛紛爬起來 。

「我找到了能喝的水。」

大家都是中學生，學過常識，都知道人身體每天所需。食物和水全沒了，這成了壓在他們心頭的大石，聽到小嵐說有水，都很興奮。

小嵐說：「你們把能盛水的東西都拿出來，接滴下來的水……」

大家聽了都恍然大悟，自己怎麼就沒想到呢！

有了水，大家也有了希望，雖然吃的沒了，餓得難受，但起碼有能暫時維持生命的水。

孩子們互相依偎着，互相鼓勵着，摸着餓得快要貼着後背的肚子，盼望着救援到來。

終於，第八天中午，他們看到了驚喜的一幕——高坡下的水面上，突然冒出了兩個身穿潛水衣的人……

第十九章
奇跡發生

這時，洞外的人們已接近絕望了。時間就是生命，都八天了，孩子們還好嗎？他們還那麼小，從小被父母捧在手心長大，別説困在洞裏沒吃沒喝的，就是那黑暗中的恐懼，也足以讓他們崩潰。

都都的媽媽，手裏捧着一個生日蛋糕，在都都爸爸的攙扶下，向着山洞口悲傷地哭着。今天是寶貝兒子的生日，每年這一天，他們兩夫婦不管怎麼忙，都會買來漂亮的生日蛋糕，還有各種食物，請來親戚朋友，給兒子辦一個熱熱鬧鬧的生日會。

而今年的生日，兒子卻生死未卜。兒子，兒子，你還能吃到媽媽買的生日蛋糕嗎？

一旁的都是學生家長，他們想起自己孩子，也都傷心落淚。家長堆裏還有曉晴和曉星，自從聽到小嵐被困的消息後，他們便馬上從天山飛回來了，跑到洞口，一邊流眼淚一邊守着。

只有萬卡國王，他也是家長，他也牽掛着心愛的女孩，但他卻不能悲傷，不能軟弱，他要硬撐着，直到找到失蹤的孩子們，直到他們安全為止。

萬卡國王聽到外面家長的哭聲，忍不住走出帳篷，想去安慰一下。剛走到洞口，剛好見到兩個潛水員從裏面出來，他們人很疲憊，但是兩眼發光，兩人異口同聲對國王陛下説：「陛下，找到了，我們找到孩子們了！」

找到了！這是世間最美的語言啊！

兩名潛水員被眾人圍起來，幾十把嘴發出同一個聲音——孩子們還好嗎？

「好，孩子們都好，一個也沒有少！雖然都很虛弱，但都沒有大礙！」

大家都歡呼起來了，孩子們真堅強！

萬卡懇請家長們回帳篷休息，這麼多天來他們幾乎沒有合過眼，萬卡很擔心這些國王王后們因此生病了。家長們帶着喜悦離開了，而這八天來比誰都要累的萬卡國王，卻隨即主持了討論救援方案的會議。

討論的拯救方案有兩個，一是水下救援，以潛水的方式把人救出。但綜合了洞穴所有資料後，他們發現這是史上最難的洞穴救援。洞穴出口距離孩子們被困的高坡長達四公里，而這四公里不但是水路，而且絕大部分需要潛水通過。

還有，洞中黑暗，水又很渾濁，洞內石柱石塊雜亂分佈，在能見度極低中經過，一不小心便會撞上，十分危險。另外，途中最窄處僅幾十厘米，平時走進去都要側着身，在水中潛游過去就更困難。

主動前來援助的一位世界著名洞潛專家，告訴大家，洞潛是世界公認的、最危險和最具挑戰的極限運動之一，以他的評估，三十名身體虛弱的少年男女，而且大多不會游泳，極難通過這樣的惡劣情況逃生，如有其他方法，千萬不可以嘗試。

水下救援不行，那就考慮第二個方案——水上救援。把氧氣和食物及水送進山洞，等待洪水退走後再把人救出來。但還沒等他們考慮清楚這方案的可行性，氣象台發來的一個緊急通知震驚了所有人——據專家預測，未來三天內會有大規模降雨，這就是說，水會繼續往洞裏湧入，水位繼續上升，孩子們賴以生存的高坡就無可避免會被淹沒。

沒有別的選擇了，再拖延，孩子們就沒救了。萬卡國王當機立斷，命令救援隊伍，馬上採用水下救援這個方案。

以現有的潛水員，不管技術還是人員數量，都遠未能滿足這一計劃所需，因為把孩子們從洞中帶出來，難度是普通潛水的百分之三百。因此，萬卡國王和另外二十九個國家的國王，共同署名向世界發出求援信，緊急徵求大批潛水精英，前來協助。

公告發出後，各國最傑出的潛水精英緊急聚集烏莎努爾首都，來到了千年洞穴前，商討具體做法。

中國政府更是派來了全國最頂尖的五名潛水教練，這五人既是出色的潛水專家，又是潛水學校的「補習天王」，以善於教授學生出名。

而一位有着幾十年潛水經驗的外國著名醫生也自發地加入了。他的醫生身分，成為了救援關鍵，因為沒有專業人士給孩子們做身體評估，誰都沒膽子把他們帶進冰冷的地下水中。

一切都在有條不紊地進行着，當天，五名潛水教練進入洞中，教孩子們學潛水；醫生進入洞中替孩子們檢查身體，安排救助的順序；各國潛水精英們開始在水路沿途鋪設牽引索，放置以備不時之需的氧氣瓶……

幸好，皇家軍訓團裏都是接受能力很強的中學生，他們很快就學會了基本的潛水知識。而更幸運的是，一個月的軍訓強健了他們的身體，雖然這些天來沒吃沒喝變差了，但還能下水。

有句話叫「人多力量大」，準備工作很快做好了。但即使這樣，風險性仍然很高，任何一個環節出錯，任何一個意外，都會有人因此失去生命。

第十天，水下救援行動開始。

這兩天一直在洞裏陪着學生們的喬里安，還有那位會潛水的醫生，親手替第一批下水的四個孩子穿上潛水衣，以及全封閉式的水下呼吸面罩。所有人都給了四個孩子祝福後，救援行動正式開始了。

每個學生由兩位潛水專家護送，兩人一前一後把孩子護在中間，沿着預先鋪好的繩索慢慢往洞口方向撤離。救援全程，需要潛水專家抓着孩子的氧氣袋，由另一名潛水專家接力。

撤離的路上足足花了十多小時，這是令人驚心動魄的十多個小時，崎嶇坎坷的路，不斷上漲的水位，穿越深達十多米的深淵時最危險，一不小心就可能葬身水底。

等在洞外的人們，個個心如火焚，望眼欲穿……

突然有人喊了起來：「出來了！出來了！」

所有家長都撲了上去，歡笑和淚水，剎那間迸發出來……

足足兩天時間，一批又一批的孩子被救了出來。他們一出洞口，便馬上在親人和醫生的陪同下坐上直升飛機，送往醫院。

小嵐是在第二天中午被送出來的，萬卡國王和曉晴曉星站在洞口盼得心都要碎了。萬卡攔住了哭着要去擁抱小嵐的兩姐弟，用一件保暖的大衣把小嵐一包，直接就把她抱上了直升機。

都都最後一個走出洞口，見到捧着生日蛋糕站在洞口望眼欲穿的父母，他蹣跚地走上去跪在兩人面前，哭着說：「爸爸媽媽，我愛你們！我以後再也不調皮搗蛋，讓你們擔心了。」

幸好所有人經過檢查，都沒有大問題，除了多天沒吃東西身體消瘦虛弱外，還有救援途中磕磕碰碰造成的瘀傷，休養很短時間便能恢復。

小嵐第二天在醫院見到了來探望的父母。馬仲元

和趙敏夫婦這段時間在歐洲，參與挖掘一個深埋地下幾百米的千年遺址，跟地面不通訊息。而萬卡生怕他們擔心小嵐，也沒有把小嵐被困的消息通知他們，直到小嵐獲救後，萬卡才派專機把他們接到烏莎努爾。

「小嵐，你怎樣了？」

「我的乖女兒，你把我們嚇壞了！」

趙敏一把摟住小嵐，夫婦兩人上上下下將女兒看了一遍，確定她沒少隻胳膊缺條腿的，而精神狀態也還不錯，這才放了心。夫婦兩人明天還得飛回國外考古現場呢，所以都很珍惜這跟女兒相聚的時間。

和馬仲元夫婦一起進到病房的還有曉晴曉星，這兩傢伙從昨晚開始就守在小嵐病房門口了，只是醫生護士不許進去，說是小嵐公主睡了。因為小嵐身體嚴重透支，八天來又缺乏休息，醫生給她服了幫助睡眠的藥物，讓她進入深層睡眠。

兩個傢伙儘管很想立刻見到小嵐，但為了小嵐身體着想，也只好心急如焚地守在門口，在門外的長沙發上睡了一夜。

好不容易等到機會進到病房，曉星拉着小嵐一隻手，一臉擔憂地說：「小嵐姐姐，以前我們一起經歷過那麼多事，也都沒有像這次那樣的危險。你下次不管要去哪裏，記得帶上我。如果我在，這次的事情就不會發生了。」

曉晴抓住小嵐另一隻手，眼淚汪汪地說：「聽說你們八天裏沒吃沒喝的呢，你是怎麼熬過來的，嗚嗚，我心裏太難受了……」

看着兩個好朋友，看看爸爸媽媽，再看看一直坐在旁邊目不轉睛地看着自己的萬卡哥哥，小嵐心裏湧上了一股濃濃的感動。有家人，有朋友，有愛自己的人，真好！

第二十章

我們是皇家軍訓團

一個星期後，戰狼培訓基地。

那個能容納六千人的會場上坐滿了人，只留下了前面靠右的三排椅子還空着。場內很熱鬧，兵哥哥們拉歌的喊聲，唱歌的聲音，此起彼伏。

這時，主持人走了上台，台下的聲音馬上消失，全場肅靜。主持人大喊一聲：「全體起立！」

軍人們唰的一聲，動作劃一地站了起來，主持人接着說：「有請我們基地司令員，副司令員，陪同我們尊敬的國王陛下，還有來自二十九個國家的學生家長上台。」

掌聲響起。

身材高大的司令員和儒雅的副司令員，陪着一位二十歲不到的年輕人、還有二十九位樣貌威嚴的人登上了舞台，這些人正是包括萬卡國王在內的三十位國王。

「敬禮！」全場軍人又唰的一聲，抬手挺胸向台上的人敬禮。

「禮畢！請坐下。」軍人們又都動作整齊地坐下了。

「尊敬的國王陛下，尊敬的長官，今天，是皇家軍訓團結業的日子，現在有請今天的主角出場！」

嘩嘩嘩，掌聲如雷。

一陣「嚓嚓嚓」的腳步聲由遠而近，三十名皇家軍訓團學生，在喬里安和雷奇的帶領下，操着整齊有力的正步，走進了會場。

他們的動作是那麼整齊，有着健康膚色的臉上帶着自信，目光充滿堅定，整個隊伍給人一種朝氣蓬勃的感覺，彷彿讓人看到了早晨冉冉升起的朝陽。

經過了戰地的洗禮，經過了那山洞中八天的考驗，這班王子公主成長起來了，他們更加自信，更加堅強。

而為了拯救他們的生命而努力的那些事、那些人，將永永遠遠銘刻在他們心裏。他們明白了愛的真諦，他們也會向世界獻出自己的愛。

場上的掌聲更加熱烈了，所有人心裏都為這幫孩子祝福，希望他們茁壯成長，成為推動世界前進的一股強大力量。

這時，排在隊伍前列的都都手一揮，嘹亮有力的歌聲響起來了：「向前向前向前，我們是皇家軍訓團。我們不怕困難，我們不怕任何考驗，經風雨、見世面，我們更加堅強……」

下集將會出現一個新的故事人物，這個人是小嵐和你們都盼望已久的。那是一個可愛到沒道理、讓你們喜歡到不行的人哦，請準備好你們的尖叫和粉紅小心心吧！

公主傳奇33

皇家軍訓團

作　　者：馬翠蘿
繪　　畫：滿丫丫
責任編輯：胡頌茵
美術設計：黃觀山
出　　版：新雅文化事業有限公司
香港英皇道499號北角工業大廈18樓
電話：（852）2138 7998
傳真：（852）2597 4003
網址：http://www.sunya.com.hk
電郵：marketing@sunya.com.hk
發　　行：香港聯合書刊物流有限公司
香港荃灣德士古道220-248號荃灣工業中心16樓
電話：（852）2150 2100
傳真：（852）2407 3062
電郵：info@suplogistics.com.hk
印　　刷：中華商務彩色印刷有限公司
香港新界大埔汀麗路 36 號
版　　次：二〇二二年三月初版

ISBN：978-962-08-7952-4

18/F, North Point Industrial Building, 499 King's Road, Hong Kong
Published in Hong Kong, China
Printed in China